百舌《もず》落とし 上

逢坂　剛

集英社文庫

百舌《もず》落とし　上

プロローグ

老人は、カメラの液晶画面から、視線を離した。

バードウォッチングは、学生時代からの趣味だった。当時は、同好の仲間たちと連れ立って、あちこち出かけたものだ。首都圏はもちろん、北海道《ほっかいどう》や隠岐島《おきのしま》といった遠方まで、足を延ばしたこともある。

しかし、大学卒業後政治家の事務所で働き、その延長で政界を目指すようになってからは、すっかり遠ざかってしまった。野鳥への興味がよみがえったのは、先年政界を引退してからのことだ。

もっとも、引退したのは自分の意志ではない。ライバルとの抗争に敗れて、詰め腹を切らされたのだった。

引退したとき、年はすでに七十代にはいっていたが、若い連中にそうそうひけは取らない、との自負があった。政治は、なんといっても人脈と経験、駆け引きがものを言う。党の幹部をはじめ、中堅や若手のあいだに自分に対抗しうる、優れた人材は見当たらなかった。ライバルさえ排除すれば、まだ自分の出番は十分にある、と思っていた。

一年半ほど前。

もう一度政界に復帰し、ライバルを追い落として要職につこうと、ひそかに策を巡らした。しかし、思わぬじゃまがはいったため、その試みは失敗に終わった。

それでもあきらめきれず、その後も次の機会を待っていた。

ところが、半年前に自宅の階段で足を踏みはずし、二階から転落した。その結果、大腿骨《だいたいこつ》を複雑骨折して、歩行が困難になった。

しばらくリハビリを続けたが、三カ月たってももとにもどらず、今でも家の中で伝い歩きをするのがせいぜい、という状態だった。

足の自由がきかなければ、政界の激務には耐えられない。未練を残しながらも、心身ともに復帰をあきらめる、苦渋の決断をせざるをえなかった。

それでもしばしば、外の空気を吸いたくなることがある。そういうときは、車椅子とひとの手を、借りなければならない。

元気なころ、しばしば一人で足を運んだ近くの公園へ、妻と一緒に出かけるのがせめてもの、楽しみになっていた。

十カ月ほど前、古い友人のすすめで四十歳も年下の女を、後妻にもらった。早智子《さちこ》といい、介護福祉士の資格を持っている。

一人息子は、ＩＴ企業の社長として安定した地位にあり、遺産相続等でもめる心配はない。おやじの好きにしていい、と言われた。

早智子は、体は華奢《きやしや》だが病気知らずの、しっかりした女だ。いずれは、財産目当てかもしれないが、それでも別にかまわなかった。最期を看取《みと》ってくれるなら、財産などにはなんの未練もない。死んでしまえば、用のないものだ。

早智子は、車椅子を押すのを苦にしないし、夫のバードウォッチングにも、理解を示してくれる。

公園は、自宅から数百メートル離れた多摩川《たまがわ》沿いにあり、野球場やサッカー場、テニスコートを備えた、かなり広い緑地公園だった。そこを訪れると、都心では見られないいろいろな野鳥を、目にすることができる。ときには、名も知れぬ野鳥が飛来することも、珍しくなかった。

それを、焦点距離百五十～六百ミリの、超望遠ズームレンズを装着した、高性能のデジタルカメラで、撮影する。それがこのところの、数少ない気晴らしの一つだった。

カメラ機材一式は、かなりの重さになる。

運ぶのは、骨折のあとで雇った秘書兼雑用係の男に、やらせている。

秘書は鳥藤和一《とりふじわいち》といい、警察官上がりのがっしりした男で、柔道六段の猛者《もさ》だ。髪を短く刈り上げ、柔道のせいで両耳とも奇妙な形に、つぶれている。

そのくせ、国立大学の法学部を出た、なかなかのインテリだった。

体がごついわりに手先が器用で、しかも動きがてきぱきしており、やることにむだがない。三脚やカメラなど、機材の持ち運びや移動、セッティングを何の苦もなく、やってのける。使い勝手のいい男だ。

背後で、早智子が言う。

「あなた。あと十五分ほどで、お時間になりますよ。準備もありますし、そろそろおもどりになった方が、よろしいのでは」

「もう、そんな時間か」

「だいぶ、日が短くなりましたから」

「そうか。それでは、あと十分だけにしよう」

そう言って、鳥藤に合図した。

「いつもの方角だ」

鳥藤が三脚の向きを変え、早智子が車椅子を移動させる。

月に一度、党の反主流派の幹部が若手の議員を引き連れ、家にやって来る。茶話会と称して、その連中を相手にあれこれと政治談義をするのが、習いだった。きょうが、その日にあたっている。

バードウォッチングを別にすれば、その茶話会が生きがいといってもよい。

鳥藤が、カメラをセットし終わるのを待って、三脚のハンドルを操作した。

ズームレンズを、いつも締めの観察対象にしている、ひときわ深い木立の方へ向ける。

そこにはときたま、郊外でもめったに目にすることがない、珍しい野鳥が飛来するのだった。

ズームの倍率を上げ、慎重にレンズを左右に動かす。

ゆっくりと往復させるうちに、ふと妙なものが液晶画面をかすめた。

急いでレンズをもどし、見やすいように画面の角度を変える。

何度か向きを上下させると、画面に白いカードのようなものが現われた。

さらに倍率を上げて、ピントを合わせる。

白いカードが、大写しになった。その表面に、赤い色で几帳面《きちようめん》に書かれた、矢印が見えた。カードはピンか何かで、木の枝に留めてあるようだ。

「なんだ、これは」

独り言を言ったが、早智子も鳥藤も答えなかった。

矢印は、左斜め上を指している。何かを示す、案内の印のようだ。

レンズを、その方向に向けてゆっくり動かすと、ほどなく別の矢印が現われた。今度は、左真横の向きだった。

次のカードを見つけると、さらに左下向きの矢印。

それらを、次つぎに画面で追いながら、レンズを動かす。すると五度目に、やっと野鳥らしきものの画像が、映し出された。

どうやら、その野鳥の居場所を示すための、矢印カードだったように思える。だれのしわざだろう。いつ飛び去るかしれない、野鳥の居場所を教えたところで、なんの役に立つというのか。

しかし、現にその野鳥は矢印が示した場所に、とどまっている。ときどき、羽ばたきして飛び上がるが、すぐにもとの枝にもどってしまう。鉤《かぎ》になった上の嘴《くちばし》を、何度も開くところをみると、鳴き声を上げているのかもしれない。もっともこちらの耳には、何も届いてこない。

とりあえず、リモコンでシャッターを操作して、最大限に拡大した野鳥の姿を、何枚か撮影した。

日がだいぶ傾いたせいで、木の間隠れに見える鳥は黒みを帯び、はっきり見えない。

「なんだろうな、これは」

もう一度言って、今度は二人を見返る。

早智子が、車椅子の上にかがみ込んで、肩越しに画面をのぞいた。

「鳥のようですね」

「そんなことは、分かっておる。なんという鳥か、図鑑で調べてみてくれ」

バードウォッチングに出るとき、早智子には忘れずに野鳥図鑑を持って来るよう、言ってある。

「でも、この液晶画面では色が沈みすぎて、探しようがありませんよ」

それももっともだ、と思う。

あらためて、画面に目を凝らした。

頭は、赤っぽい褐色。

目のあたりに、黒い横断線。いわゆる、過眼線というやつだ。目は、その中に沈んだかたちで、確認できない。

背中は灰色で、翼は黒か暗灰色。全体に画面が暗く、それ以上は分からなかった。

そのあいだに、図鑑を調べていたらしい早智子が、軽い口調で言った。

「はっきりはしませんが、百舌《もず》かもしれませんね」

それを聞いて、ぎくりとする。

百舌。

鳥の名前の中で、いちばん聞きたくない名前だった。

実のところ、もしかすると百舌かもしれない、という気が最初からしていた。ただ、口にするのがおぞましくて、何も言わずにいたのだ。

早智子はそれを、あっさりと言い放ってしまった。

いやな気配を察したらしく、鳥藤がとりなすように言う。

「そろそろ、もどりましょうか、先生。その画像を、仕事場のパソコンで解析すれば、はっきりすると思います」

そうだ、その手があった。

あまり気が進まないが、やらなければならないだろう。いやなものから、目を背けてばかりいたら、生きる力を失ってしまう。

「ああ、そうしよう。機材を片付けてくれ」

そう言って、もう一度かなたの暮れなずむ森に、暗い目を向けた。

屋敷へもどった。

早智子が、茶話会の準備に取りかかる一方で、老人は鳥藤に車椅子を書斎まで押させ、大きなデスクに向かった。

鳥藤を下がらせ、パソコンを開く。政治家には珍しく、理工系の学部を出たこともあって、パソコンとは早くからなじんでいる。

カメラから、メモリカードを抜き取り、アタッチメントを使って、パソコンにセットした。

マウスを操作して、その日に写した野鳥を、一覧で出す。最後の数枚が、矢印で示された鳥の画像だ。

レンズが、焦点距離の長いF5・6ということもあり、さらに木陰で光量が不足しているため、画面が暗い。

まず、全身が写っているショットを選び、調整機能を使って画面の明度を上げていく。

なんとか、見分けがつく程度に画像を修整すると、そこに一羽の鳥が浮かんだ。倍率から逆算すると、二十センチ前後の大きさだ。

赤みがかった、茶褐色の頭部。暗灰色の背中。

翼と、長くとがった尾羽は、黒い。腹は、白っぽい薄茶色。

例の過眼線が、目を横切るように嘴まで、前後に延びる。上の嘴が、鉤のように曲がっている。

過眼線の上に、眉のような白い線が見えた。

思わず、唾をのみ込む。間違いない。やはり、これは百舌だ。百舌の雄だ。

わけもなく、背中のあたりが熱くなる。

レンズ越しとはいえ、緑地公園で百舌をこの目で視認したのは、これが初めてだった。きわめてまれ、とまではいえないが、このあたりではほとんど見かけない野鳥、といっていいだろう。

さらに、細かい部分を拡大して、画面に目を近づける。

さすがに、高性能のカメラだけあって画素数が多く、ズームレンズでもさほど画像が崩れない。

羽ばたきしているカットを、拡大してみる。

百舌が、一つの枝から飛び立たずに、羽ばたきばかり繰り返すという話は、聞いたことがない。むろん、長時間ひとところに居続けることが、絶対にないわけではあるまい。

とはいえ、どうもしっくりこないものがある。

速贄《はやにえ》を作るときに、そうする習性があるのかとも思ったが、画像をチェックしたかぎりでは、それらしき獲物は写っていない。求愛行動とも違うだろう。

ふと、百舌の足元に何か光るものが、まとわりついているのに気づいた。

拡大、縮小を繰り返して、ようやく納得がいく。

百舌は肢《あし》を、ごく細いテグスのようなもので、枝に留められていた。そのために、飛び立てずにいたのだった。

だれが、こんなことをしたのか。矢印まで用意して、その存在を人に知らせようとするとは、どういうつもりだろう。

いたずらかという気もしたが、それにしては手が込みすぎている。

ふと思いついて、今度は過眼線の部分を拡大してみる。

同じ黒なので色が沈み、目を調べることができない。しかし、いくら黒い目でも見分けがつかない、というのはおかしい。

首をひねりながら、画像を近づけたり遠ざけたりするうちに、またきらりと小さく光るものを、見つけた。

点のようなものが、上下二つ並んでいる。

ためつすがめつしているうちに、突然それが何なのか分かった。

驚いて、顎を引く。それは、おそらく肢を縛っているのと同じ、テグスの小さな結び目だった。

口の端から、よだれが流れ落ちるのを、意識する。

老人は呆然《ぼうぜん》として、その画像を見つめた。

＊

茂田井《もたい》早智子は、応接間に茶を運んだ。

すでに、夜の十時を過ぎている。

一時間ほど前、電話一本で訪問の許可を求めてきた女は、民政党の三重島《みえじま》茂《しげる》の使いのユゲ・マホロ、と名乗った。

政治にはうといが、早智子も三重島が民政党の幹事長で、夫茂田井滋《しげる》の復党をはねつけた張本人だ、ということぐらいは承知している。

時間も時間だったから、本来ならば日をあらためてもらうところだ。

しかし、三重島の伝言を伝えるだけのことで、茂田井本人に会う必要はないと言われると、断わりきれなかった。

長椅子から立ち上がり、優雅な身振りで頭を下げた女は、渋い和服をきりりと着こなした、化粧の濃い女だった。

「夜分遅くに、申し訳ございません」

そう言いながら、名刺をテーブル越しに、差し出してくる。

分厚い和紙に、〈オフィスまほろ　代表　弓削《ゆげ》まほろ〉と、隷書体で印字してあった。

さっき、電話で聞いたときは気づかなかったが、その字面を見てにわかに記憶がはじけた。

確か、三重島と関わりを持つ大きな事件のおり、目にしたことのある名前だ。あれからもう一年、いや、一年半ほどにもなるだろうか。

早智子はソファにすわり、名刺を紫檀《したん》のテーブルに置いた。

弓削まほろも、向かいにすわり直す。

「それで、ご用件は。茂田井はもう、休んでおりますが」

早智子が言うと、まほろは軽く頭を下げた。

「お電話で申し上げましたように、先生にお目にかかる必要はございません。奥さまに、三重島の伝言をお伝えすれば、それでよいのでございます」

低いけれども、よくとおる声だ。

「とおっしゃいますと、どのようなことでございますか」

まほろは、一呼吸おいた。

「本日夕刻より、茶話会の例会がこちらで開かれた、と承知いたしておりますが」

早智子は、軽く眉をひそめた。

別に、秘密にしているわけではないが、茶話会のことを知る者はメンバー以外に、そうはいないはずだ。その件で、三重島が使いをよこすとは、思ってもみなかった。

「それが、何か」

問い返す早智子へ、まほろは切り口上で言った。

「座長は、党政策委員会副委員長の、大野木《おおのぎ》先生。それに、若手の議員が七、八名。そこへ、茂田井先生がお加わりになって、みなさんで政治談義に花を咲かせられる、とか」

早智子は唇を引き結び、黙って次の言葉を待った。

大野木武則《たけのり》は、党幹部の中で数少ない茂田井シンパの、ベテラン議員だ。

まほろが続ける。

「三重島先生は、とうに引退なさった茂田井先生が現役の党員に、あれこれ指示を出されるのを、快く思っておられません。できれば、そうした内輪の茶話会は控えていただきたい、とお伝えするように申しつかりました」

早智子は、不快な気持ちを押し殺し、微笑を浮かべてみせた。

「茂田井は、別に党員のかたがたに指示など、出しておりません。若手のみなさまから、いろいろと出される政治向きの質問に対して、自分なりの考えを申し述べるだけでございます。間違っても、党の方針を批判したりするようなことは、いたしておりません」

まほろが、背筋を伸ばす。

「茂田井先生が引退されてから、党の方針もだいぶ変わってまいりました。というより、世の中そのものが変化してきたために、党も変革と申しますか、体質改善を求められております」

早智子は、わざとらしく顎を引いた。

「体質改善。茂田井は、逆に体質改悪ではないか、と申しておりますが。憲法改正も、改正ではなく改悪だ、と」

まほろは、眉一つ動かさなかった。

「どのような制度、どのような組織も未来永劫《えいごう》に、続くものではございません。時代の変化によって、国の方針も相応に変わっていくのが、筋でございます」

早智子はわざとらしく、テーブルの名刺をのぞき込んだ。

「オフィスまほろは、三重島先生のスポークスマンでいらっしゃるのですか」

「そのように考えていただいて、かまわないと存じます」

まほろの、いかにも収まり返った口調に、かちんとくる。

「確か、オフィスまほろは一、二年前に、三重島先生の別邸で起きた事件にからんで、新聞に名前が載りましたわね」

切り札を切ってみせると、まほろは口をつぐんだ。

居心地が悪くなるほど、じっと早智子を見返してくる。

やおら、口を開いた。

「夜分に、失礼いたしました。用件はそれだけでございます。茂田井先生にその旨、お伝えくださいますよう。もし何かございましたら、三重島の方へ直接お申し越しいただければ、あらためてお話し申し上げます」

そっけなく言い捨て、着物の裾をさばいて立ち上がる。

その唐突な動きに、あわてて早智子も腰を上げた。

まほろの先回りをして、玄関に続くドアをあけてやる。
「茂田井には一応その旨、申し伝えます」
そう言いながら、まほろに道をあけた。
すると、まほろは着物の袂《たもと》から何か取り出し、早智子の鼻先に掲げた。
小さなスプレーの先から、霧状のガスが噴き出てくる。
鼻の奥がつんとして、早智子はそのまま床の上に崩れ落ちた。

＊

千枚通しから、静かに手を離す。
突き立てた傷口から、わずかに血が盛り上がったが、すぐに止まった。
頬と顎の境に、指先を当てる。すでに脈はなかった。
死体を、静かにあおむけにして、仕事に取りかかる。
十分で終わった。
念のため、あたりをチェックしてから、ベッドのそばを離れる。
隣のベッドをのぞき込むと、女は小さくいびきをかきながら、眠ったままだった。
よし。
すべては、計算どおりにいっている。
二人を残して、ゆっくりと部屋を出た。

1

「こうやって二人で飲むのも、久しぶりだな」

大杉良太《おおすぎりようた》はそう言って、グラスを上げた。

倉木美希《くらきみき》も、それにならう。

「こんなに、身辺がばたばたしたのは、入庁してから初めてだわ」

大杉は、グラスを置いた。

「その話は、また今度ゆっくりと聞こう。それより、例の〈百舌〉がらみの事件の捜査に、進展はないのか」

「ないわ」

美希はそっけなく言い、乾きものに手を伸ばした。

大杉と美希は、新宿《しんじゆく》のなじみのバー〈リフレッシュ〉で、肩を並べて酒を飲んでいた。

一連の〈百舌事件〉で、鍵を握っていた田丸清明《たまるきよあき》、為永一良《ためながかずよし》、大角大介《おおかどだいすけ》、御室三四郎《みむろさんしろう》らの関係者が、軒並み殺されてしまった。

多摩川沿いの草むらで、死体となって発見された〈ザ・マン〉の編集長、田丸。

みずから主筆を務める、〈週刊鉄鋼情報〉のフロアで殺された、社長の為永。

別の場所から運ばれて、祖師谷《そしがや》公園に遺体を放置された、首都警備保障の第一警備部長、大角。

府中市白糸台《ふちゅうししらいとだい》にある、三重島茂の別邸で殺された大角の部下、御室。

いずれも、かつての〈百舌〉が得意としたやり方で、息の根を止められていた。

田丸、為永、大角の三人については、いずれも百舌の羽根が遺体から、見つかった。

ただ御室の場合は、暗闇でのとっさの犯行だったせいか、羽根を残す余裕がなかったようだ。

わずかな目撃情報と、忽然《こつぜん》と別邸から姿を消した状況からして、黒頭巾を裏で操っていたとみられる、看護師の山口《やまぐち》タキの犯行ではないか、というのが大筋の見方だった。

現にタキは、事件後煙のように消息を絶ち、いまだに所在が知れない。

それどころか、タキがいつどこでどうやって生まれ育ち、どのような経歴をたどってきたかも、明らかにならなかった。まるで、最初から存在しなかったかのような、不可解な女だった。

三重島によれば、別邸の管理は〈オフィスまほろ〉に任せきりで、一連の出来事にはまったく心当たりがない、という。別邸で、御室が殺されたことを除けば、三重島と事件との関わりは何もなく、具体的な証拠はいっさい見つからなかった。相手が、現与党の幹事長ともなれば、それ以上の捜査はできなかっただろう。

「弓削まほろは、どうしたかな。内田《うちだ》情報によれば、あの女は例の洲走《すばしり》かりほの妹、ということだろう」

内田明男《あきお》は、警察庁の長官官房人事企画課に在籍する、美希の貴重な情報源だ。

「ご当人のまほろは、その質問に答えなかったけれど」

「肯定もしなけりゃ否定もしない、というのは認めたのと同じことさ。今、どうしてるんだろうな」

「三重島の自宅の近くのマンションで、〈オフィスまほろ〉の代表を続けているわ」

「あの女が、事件の裏を知っていることは、間違いないんだ。いくら、具体的証拠がないからといって、野放しにしておくのはおかしいだろう。相手が大物政治家の愛人、というだけで腰が引けるとは、警察も根性をなくしたもんだな」

「良太さんがいたころだって、同じようなものでしょう」

大杉は、苦笑した。

「まあ、警察はいつの時代も、変わらんよな」

美希は、ソルティドッグを飲み干して、バーテンダーに同じものを注文した。

「山口タキは、まほろがネットで募集して採用した、という話だったわ。経歴とかも含めて、個人情報は何も聞かなかったそうよ」

「そんなこと、ありえんだろうが」

「まほろが、何も知らないと主張していることを、無理やり白状させるのは法的にも、不可能だわ」

「あの、紋屋貴彦《もんやたかひこ》のミイラの存在についても、知らぬ存ぜぬで通したそうだな」

「ええ。離れの物置には、一度も足を踏み入れたことがない、と供述したそうよ」

「事件の夜、なぜそれがあそこに持ち出されていたかも、心当たりがないというわけか」

美希が、新しい酒に口をつける。

「ええ。あのミイラを、生きているように見せかけるために、いろいろな仕掛けが施してあった事実も、まったくあずかり知らぬことですって」

大杉は首を振り、ジントニックを飲み干した。

「しらじらしいにも、ほどがあるな。いくら三重島の愛人でも、警察は遠慮のしすぎじゃないか。週刊誌が、すっぱ抜いてやりゃいいのに」

「愛人だという、はっきりした証拠は何もないわ。二人だけでいるところを、見られたこともないようだし」

大杉もお代わりを頼み、美希に目をもどした。

「四件の殺人の捜査本部は、まだ解散されてないんだろう」

「ええ。でも、だいぶ縮小されたでしょう。山口タキの捜索も、一応は続けられているようね。写真は一枚も存在しないし、弓削まほろの証言から作成した似顔絵も、似ているかどうか分からないし」

「きみは、顔を見たんじゃなかったか」

「ええ。三人の管理官と一緒に、別邸に事情聴取に行ったとき、コーヒーを運んで来たのよ。でも、存在感が薄いというのか、ぼんやりとした記憶があるだけで、顔かたちは全然覚えてないの」

「その女が、田丸と為永を始末したのは、三重島の指示によるものとみて、間違いない。田丸も為永も、三重島や民政党にとってははなはだ目障り、というか危険な存在だったからな。〈百舌〉をよみがえらせる、などという古臭い筋書きを思いつくのは、茂田井や死んだ田丸を別にすれば、三重島くらいしかいないだろう」

大杉は、口を開こうとする美希をさえぎって、話を続けた。

「ああ、分かってるよ、なんの証拠もないことはな。ただ、本来は自分をねらってくるはずの〈百舌〉を、手先に仕立てようという三重島の発想は、なかなかのものだ」

美希が、強引に割り込んでくる。

「でも、洲走かりほの妹が三重島の愛人、というのはうなずけないわ。かりほは結局、死んだ朱鷺村《ときむら》を通じて三重島に、利用されていたんでしょう。それを知ったら、弓削まほろは三重島の愛人になんか、ならないはずよ」

朱鷺村琢磨《たくま》は生前、警察庁生活安全局保安企画課の、理事官の職にあった。

三重島の意向を受けた朱鷺村は、かりほを利用してノンキャリアの警察官を糾合し、警察組織の改編を実現しようとたくらんだ。

しかし、結局そのくわだては失敗に終わり、朱鷺村はかりほみずからの手で、射殺されてしまった。

そしてかりほ自身も、美希と争ったあげくビルの窓から、墜落死したのだった。

大杉は、腕を組んだ。

「まほろは、姉のことをそこまで詳しく、知らなかったんだろう。とにかく、まほろはこの事件の重要な鍵を、確かに握っている。あの女を見張っていれば、きっと何か出てくるに違いないよ。まあ、おれにはそんな暇はないがね。本来は警察の仕事だが、やる気がなさそうだし、このまま店《たな》ざらしで終わるだろうな」

美希は口をつぐみ、グラスを傾けた。

思い出したように言う。

「そう言えば、めぐみさんは元気」

急に娘の名前を出されて、大杉はとまどった。

「ああ、そのはずだ。ここんとこ、しばらく会ってないが」

「相変わらず、生活経済特捜隊にいるのよね」

「そうだ。あのころ、武器輸出三原則に抵触する事件を追っていたが、これも為永が死んで、うやむやになった。そうこうするうちに、三原則そのものが見直されて、防衛装備移転三原則とかいう、いかがわしいしろものに衣替えしちまった。この一件じゃ、もう出番がないだろう」

「特捜隊の相方と、親密な関係にならなかったの」

大杉は、美希を見た。

「それは、どういう意味だ」

「いつも一緒にいれば、情が移ることもあるでしょう。それに彼は、けっこうイケメンだし」

めぐみの相棒、車田《くるまだ》聖士郎《せいしろう》の顔を思い浮かべる。

イケメンかどうかはともかく、背がすらりと高くて脚が長いことだけは、認めなければならない。

今風の、よくも悪くも癖のないタイプの男で、あれで一人前の警部補かと思うと、笑いたくなる。昔の三十過ぎの男は、もっと腰が据わっていた。

「おれは、娘の男関係には口出ししない、と決めてるんだ」

「人づてに聞いた話だけれど、めぐみさんはまだ不正武器輸出の一件を、追っているらしいわよ。例の三原則は、看板を防衛装備移転三原則と書き換えて、規制を緩やかにしたでしょう。それだけ、抜け道も多くなったわけだから、特捜隊も忙しくなったはずだわ」

「そうか。残間《ざんま》もまだ、そのあたりを調べてるのかな」

東都《とうと》ヘラルド新聞の編集委員、残間龍之輔《りゅうのすけ》は三京鋼材《さんきょうこうざい》の石島敏光《いしじまとしみつ》から、違法な部品の設計図を手に入れたが、決定的な証拠にならないとの判断で、記事にはしなかったのだ。

死んだ為永と組んでいたら、あるいはめぐみたちの捜査の立件に、役立ったかもしれないが、もはや手遅れだった。

美希が、ため息をついて言う。

「このところ、国家公共安全会議とか防衛装備調達庁の設置とか、きな臭い話題が多いでしょう。わたしも、なんとなく落ち着かない気持ちよ」

大杉は腕組みを解き、カウンターに肘をついた。

「それにしても、連中は何を考えてるんだろうな。よりによって、きみを公共安全局とやらへ、出向させるとはな」

国家公共安全会議の創設に伴い、それをサポートする事務方の組織として、すでに公共安全局が設置されていた。

美希は、警察庁長官官房の特別監察官から、その局へ出向することになったのだ。

局長は、元警察庁長官の、蓮沼《はすぬま》潔《きよし》。

局次長は元警視庁公安部長と、元検察庁の次席検事の二人。

その下に、三人の審議官が配置され、さらにその下に六人の参事官がいる。

美希は、その参事官のうちの一人として、出向したのだった。

「公共安全局は、三重島や死んだ馬渡《まわたり》久平《きゆうへい》が考えていた警察省、公安省のような組織に、通じるものがあるわ。最近は、国際的なテロ事件が増えているし、日本も集団的自衛権や、防衛装備移転三原則なんかで、あわただしいでしょう。そのどさくさに紛れて、作られた組織なのよね。いずれは、もっと大きくて権限のある組織に、格上げされると思うわ」

「政府が、そういうあやしげな組織へ、わざときみを引き入れたのは、それなりのねらいがあるからだ。きみに、変な動きをされないように、手元に取り込んで見張りやすくした、ということだろう」

「そうかもしれないけれど、わたしは間違ってもおとなしくなんか、していないわ。せいぜい、搔《か》き回してやるつもりよ」

「それは向こうも、当然承知しているだろう。とにかく、やけどをしないように、気をつけることだな」

大杉はそう言って、腕時計に目をくれた。

「もう二時か。そろそろ、閉店だろう」

「ええ。送ってくれないかしら。そうしたら、泊まっていってもいいわよ」

美希は、相変わらず頑固に倉木尚武《なおたけ》と暮らした、京王線《けいおうせん》布田《ふだ》の古いマンションに、住み続けている。

「いいよ。勘定を頼んでおいてくれ。トイレに行ってくる」

カウンターを立ち、出入り口に近いトイレに向かう。

トイレを出たとき、携帯電話が震えた。

大杉は、バーを出て階段の上に立ち、液晶画面を見た。

残間龍之輔だった。

「よう、どうした。久しぶりだな」

「ご無沙汰しています。今、だいじょうぶですか」

「だいじょうぶだが、ずいぶん遅いじゃないか。もう、夜中の二時だぞ」

腕時計を見ると、すでに二時を一分回っている。

「緊急事態なんです。これから、会えませんか」

やぶからぼうな話に、大杉は面食らった。

「どうしたんだ。今、倉木美希と飲んでるとこでね。もっとも、そろそろ閉店だから」

みなまで言わせずに、残間がまくし立てる。

「倉木さんが一緒なら、ますます都合がいい。今、どちらですか」

「新宿だ。いったい、何があったんだ」

残間は、急に声をひそめた。

「モタイが自宅で、殺されたんです」

とっさには、だれのことか分からなかった。

しかし、すぐに元民政党の茂田井滋の名前が、頭に浮かぶ。

「モタイって、茂田井滋のことか」

「そうです」

急に、酔いがさめた。

「だれにやられた。まさか、〈百舌〉じゃないだろうな」

「〈百舌〉と同じ手口か、という意味でしたらイエスでもあり、ノーでもあります」

「持って回った言い方はやめろ」

「すみません。その件で、話がしたいんです。詳しいことは、会ったときに」

大杉は、それをさえぎった。

「よし、分かった。どこで落ち合おうか」

「わたしは今、世田谷南《せたがやみなみ》署にいます。田丸殺しのときと、同じ所轄署です。そっちへ行きましょうか」

すると、世田谷区のはずれの宇奈根《うなね》、ということになる。

「ここは、もう閉店だ。どこか、おれたちが知ってるとこで、あいてる店はないか」

残間は、少し間をおいて言った。

「京橋《きょうばし》の、高速道路の高架に近い〈鍵屋〉、というバーを覚えてますか」

大杉は、記憶をたどった。

「ああ、覚えてる。田丸がやられた晩に、三人ではいったバーだな」

そのバーにいるとき、残間に社から緊急の電話がはいり、田丸清明が殺されたことを知らせてきたのだ。

「そうです。あそこで、どうですか。明け方まで、やってますから」

「分かった。これから二人で、すぐに行く」

「わたしも、社の車を飛ばします。この時間なら、三、四十分で行けるでしょう」

「分かった」

席にもどり、美希に事情を話す。

さすがに驚いたとみえて、美希は頬をこわばらせた。

「なぜ今ごろ、茂田井が」

そう言ったきり、絶句する。

「それは、残間に詳しい話を聞くまで、分からんよ」

「まさか、〈百舌〉がらみじゃないでしょうね」

「どうしてだ。〈百舌〉がらみでなけりゃ、だれがあんな八十近いじじいを、殺すものか。残間は言葉を濁したが、〈百舌〉がからんでいることは確かだ」

勘定をすませて、店を飛び出した。

2

〈鍵屋〉に着いたのは、午前二時半を回るころだった。

半円形のカウンターにも、一つしかないボックス席にも、客の姿はない。

黒革のベストを着た、中年のバーテンダーが、グラスを磨く手を休めて、二人を見た。

「あとから、もう一人来る。ボックス席を借りるよ」

「どうぞ。シャンペンを、ご用意いたしますか」

大杉良太は少し驚いて、バーテンダーの顔を見直した。

確かにあのとき、倉木美希と残間龍之輔の再会を祝して、シャンペンを頼んだ覚えがある。腕のいいバーテンダーは、一度来た客の顔を忘れないというが、この男もその一人らしい。

大杉は、首を振った。

「いや、今夜はやめておこう。甘くて強いカクテルを、二つ頼む」

「かしこまりました」

二十分ほど遅れて、残間がやって来た。

相変わらずよれよれの、トレンチコート姿だった。

残間は、大杉と美希の酒を見て肩をすくめ、ビールを頼んだ。自分で、瓶とグラスを受け取り、テーブルに運んで来る。

乾杯して、大杉はさっそく切りだした。

「順を追って、話してくれ」

残間がちらり、とバーテンダーを見る。

バーテンダーは、心得顔にうなずいてみせ、カウンターの下に手を入れて、何かを操作した。

すると、今まで低くバーに流れていた、古いアメリカン・ポップスの音量が、大きくなった。近くで話す分には支障がないが、カウンターの中までは話が届かない、というくらいの音量だ。

残間は、それでいいというように指を立て、ビールを飲み干した。

やおら、話し始める。

「わたしも今夜、社会部長の指示でとるものもとりあえず、世田谷南署へ駆けつけただけなので、詳しいことはまだ分かりません。現場にいた、サツ回りの若いのから聞いたところでは、こういうことらしいです」

日付が変わる直前の、午後十一時五十分ごろ茂田井滋の妻早智子から、夫が殺害されたとの一一〇番通報があった。

世田谷南署の署員が、宇奈根一丁目の自宅へ駆けつけると、茂田井は寝室のベッドの中で、首筋に千枚通しを突き立てられ、絶命していた。

早智子の供述によると、その二時間ほど前の午後十時ごろ、女の来客があった。それがだれで、なんの用件で来たのかは、まだ明らかにされていない。

女は、十分ほどすると席を立って、帰るそぶりを見せた。

ところが、早智子が送り出そうとしてドアをあけ、向き直ったとたん鼻先に、スプレーで何か吹きかけてきた。

それを吸い込むなり、早智子は意識を失ってしまった。

目が覚めたとき、いつの間にか着衣のまま寝室のベッドに、横たえられていた。あわてて起き直ると、隣のベッドで茂田井が死んでいた、というのだ。

南署の捜査員から、若い記者が聞き出した早智子の供述は、それがすべてだった。

大杉は言った。

「その、茂田井のかみさんが応対した女は、何者なんだ」

「分かりません。捜査員もそこまでは、教えてくれなかったらしい。あしたになれば、発表があるでしょう」

「時間も時間だし、各社協定もあるから、どっちみち朝刊には、間に合わないな」

「ええ。載ったとしたって、ベタがいいとこでしょう。夕刊の早刷りでも、詳報は無理じゃないかな」

「とりあえずテレビは、朝のニュースでやるだろうな」

美希が口を開く。

「奥さんが会ったのが女、というところが気になるわね」

むろん大杉には、美希の言いたいことが分かっていた。

残間に聞く。

「この事件が、〈百舌〉がらみなのかどうか、はっきりしてくれ。イエスでもあり、ノーでもあるなんて禅問答は、願いさげだぞ」

残間は、背もたれに体を預けた。

「うちの記者が、なじみの捜査員から聞き出したところでは、茂田井は千枚通しでやられたそうです。その意味では、イエスに近い」

「ノーの方は」

「現場に、百舌の羽根が残っていたという話は、今のところ漏れてこないんです。もし、犯人が〈百舌〉を気取るつもりなら、これまでのようにかならず、残すはずでしょう」

「まだ、見つかっていないだけかも、しれないわ。あるいは、箝口令《かんこうれい》がしかれている、とか」

美希が言い、大杉を見る。

大杉はうなずいた。

「それは、ありうるな。ともかく、茂田井が殺されて、凶器が千枚通しとなれば、たとえ羽根が見つからなくても、〈百舌〉がらみの殺しとみていいだろう」

残間は、自分でビールをつぎ足し、一口飲んだ。

「わたしも、そう思います。何か、新しい情報がはいるかもしれないので、今夜は社に泊まって待機します。朝になったら、現場の記者にもう一度詳しい話を、聞いてみることにする。また電話しますよ」

「電話は、筋道が立ってからでいいよ。たいした進展もないのに、朝っぱらから叩《たた》き起こされたくない」

美希が、残間に目を向ける。

「茂田井の自宅は、例の田丸の死体が発見された現場と、目と鼻の先よね」

大杉も残間を見て、その質問を補足した。

「田丸は、あんたに渡すはずだったカセットテープを、茂田井から受け取った直後に、その近辺で殺されたんだ。それが、三重島の差し金だったことは、首を賭けてもいい」

残間が、見返してくる。

「そして、その犯人は三重島の別邸から姿を消した、山口タキですか」

大杉も美希も、口を閉じた。急にあたりが、静かになる。

喉の渇きを覚えて、大杉はビールを頼んだ。カウンターへ取りに行き、美希のグラスも、もらってくる。

残間が二人のグラスに、ビールをついだ。

気分を変えるように、美希が明るい声で言う。

「あしたになれば、もう少し詳しいことが分かるわよね」

残間は、トレンチコートの襟を、掻き合わせた。

「わたしも、分かる範囲で話を聞いて回りますが、倉木さんも警察内部にいろいろと、ルートをお持ちでしょう」

言い返されて、美希は軽く肩をすくめた。

「わたしも、新しい職場で何かと忙しくて、あまり自由に動き回れないの」

大杉は身を乗り出し、指を立てた。

「とにかく、茂田井のかみさんに会いに来た女を、特定することだ。かみさんの事情聴取で、ある程度見当がつくだろう。弓削まほろか、それとも山口タキか、くらいはな」

「どちらにしても、茂田井が死んでいちばんほっとしたのは、三重島でしょう。なんといっても、自分の身の破滅を招くカセットテープを、公表しようとした相手だし」

美希が言うと、残間は首をひねった。

「しかし、そのテープは田丸を始末した山口タキを通じて、とっくに手に入れたはずですよ。今さら殺さなくても、害は及ばないと思うけど」

「逆にいえば、テープを手に入れたからこそ、安心して茂田井を始末したんだわ。例の事件から、ずいぶんあいだをあけたのは、関連を疑われたくないからでしょう」

「疑われたくないなら、〈百舌〉もどきの殺し方をしない方が、よかったんじゃないですか」

反論する残間に、大杉は割り込んだ。

「茂田井殺しは、おれたち三人によけいな動きをするなという、三重島のメッセージだろう」

また、しんとする。

そうでなくても、この一、二年大杉は常に身辺の出来事に、目を配ってきた。

暗い道を歩くときも、歩道橋や地下道を移動するときも、用心を怠らない。電車やタクシーを待つときは、ホームや歩道のへりに立たないよう、気をつけている。

美希にも、決して警戒心を緩めないように、固く言い含めてある。

ため息をついて、残間が沈黙を破った。

「三重島が強気に出たのは、情勢が自分に有利に展開しつつある、という判断をしたからじゃないかな。特定秘密保護法の制定とか、国家公共安全会議とかの創設で、民政党による国民への締めつけが、徐々に功を奏し始めた。そういう手ごたえを、感じたんでしょうね」

美希が、表情を引き締める。

「そうね。なんとかしないと、いけないわね」

独り言のような口調だった。

残間は、美希を見て言った。

「ところで、倉木さんが出向した公共安全局というのは、どんな仕事をする機関ですか。一応、国家公共安全会議の事務方を務める局、とされているようだけど」

美希は、また軽く肩をすくめるような、あいまいなしぐさをした。

「事務方を取り仕切るのは、三人の審議官のうちの二人。その二人が、六人の参事官のうちの五人と、そのスタッフの企画官たちを、指揮するの」

「あと一人の審議官は」

「警視庁の、公安部参事官から転出した、眉園《まゆぞの》猛《たけし》よ」

残間の目を、ちらりと不審げな色がよぎる。

「公安部の参事官ね。眉園という名前は、聞いたことがあるな」

「そして、その眉園審議官の下につく、たった一人の参事官がわたし、というわけ。下につくスタッフは、だれもいないの」

大杉は少し居心地が悪くなり、ビールを飲み干した。

その話は、すでに美希から聞かされたので、承知している。それくらいのことは、残間もお見通しだろう。

残間の口元に、薄笑いが浮かぶ。

「その口ぶりだと、どんな仕事をするのか聞いても、答えてもらえそうもありませんね」

「まあ、そんなところね。特命事項だから」

残間もビールを飲み、わざとらしく腕を首の後ろに回して、顎を突き出した。

「倉木さんの、キャリアを買っての引き抜きなら、だいたいどんな仕事をするか、想像がつきますね」

「せいぜい、想像してちょうだい」

「わたしの想像が当たっていれば、倉木さんはわたしにとって貴重な情報源、ということになりそうだ」

美希は苦笑しただけで、何も言わなかった。

五分後、残間は社へ上がると言って、先に店を出て行った。

大杉と美希は、しばらく茂田井の死について、意見を交換した。

大杉は、茂田井を殺したのがだれにしろ、過去の亡霊がまた姿を現わしたと知って、冷静ではいられなかった。自分はもちろん、美希や残間にも危険が及ぶ恐れがある。

さらに、自分の助手を務める村瀬正彦《むらせまさひこ》や、娘のめぐみも一連の事件に、からんでいる。決して、安全とは言えないのだ。

その夜、というより明け方近く、大杉は布田のマンションへ美希を送り、そのままそこに泊まった。


翌朝。

大杉が目を覚ますと、美希の姿はなかった。ダイニングテーブルに、野菜ジュースとサンドイッチが、用意してあった。

新聞も置いてあり、すでに美希が目を通したようだった。

案の定、事件の報道はなかった。

腹ごしらえをしながら、今度はテレビのニュースを、チェックする。

さすがに、茂田井滋が昨夜殺害されたことだけは、簡単に伝えられた。

しかし、背景や容疑者については現時点で不明、とのことだった。実際に不明なのか、捜査本部が伏せているのかは、分からなかった。

戸締まりをして、池袋《いけぶくろ》のマンションへもどったのは、十一時過ぎだった。

メールボックスから、投げ込みのちらしをごみ箱に捨て、朝刊だけ取って事務所へ上がる。

それまで携帯電話も鳴らず、事務所の固定電話にも着信記録がなかった。

パソコンを開くと、種々雑多な迷惑メールと並んで、朝方早ばやと届いた残間からのメールが、見つかった。

「写真を添付しました。捜査員が、茂田井のパソコンからアウトプットしたのを、うちの若いのがスマホで撮ったものです。あとで電話します」

メッセージは、それだけだった。

添付された写真を開く。

白い、綿毛のようなものが帯状に、黒っぽい画面を横切っている。急いで撮影したものか、画面が少しぶれた感じだ。一目見ただけでは、なんの写真か分からない。

目を近づけたり、離したりして眺めるうちに、鳥の頭の部分の大写しらしい、と気がついた。しかし、画像そのものが暗く沈んでいるため、はっきり見えない。

大杉は携帯電話を取り上げ、残間にかけてみた。

コール音を十回まで数えたが、残間は出なかった。しかたなく切り、もう一度画面に目をやる。

綿毛のような、白いラインの下が鳥の目のようだが、目そのものは黒い羽毛に紛れてしまい、見分けがつかない。

パソコンをそのままにして、コーヒーをいれた。

飲みながら、ああでもないこうでもない、とためつすがめつしていると、携帯電話が鳴った。

残間だった。

「メール、見ましたか」

「ああ、見た。しかし、この画像じゃ、何がなんだか分からん。説明してくれ。百舌の頭じゃないか、というくらいは見当がつくが」

「そのとおりです。茂田井は、その画像の百舌と同じ状態で、殺されていたらしい」

「だから、画像が暗すぎて、よく分からないんだ。眉毛みたいな、白い線の下にあるはずの目が、黒い羽毛に紛れてよく見えないんだ」

残間が、一呼吸おく。

「見えるわけがありませんよ。まぶたを、縫い合わされてるんですから」

「なんだと」

「写真の百舌と同じように、茂田井の目もまぶたの上下をテグスで、縫い合わされていたんです」

3

その日の、午後四時十五分。

残間龍之輔が、大杉良太の事務所にやって来た。

残間は、トレンチコートを作業デスクに投げ出し、接客用の長椅子にすわった。

十数時間前に会ったばかりだが、さすがに睡眠不足とみえて頰がこけ、目も少しくぼんでいる。

大杉は、コーヒーをいれた。

飲み残しの、ブランデーのボトルを目の前に、置いてやる。

残間は蓋を取って、コーヒーのカップに中身をたっぷりと、つぎ込んだ。

一口飲んで言う。

「不惑の声を聞くと、やはり徹夜はきつくなりますね」

「そうか。おれは、自分がいくつになったか、考えないことにしてるよ。たまたま、何かの書類に年齢を書く欄があると、いやな気分になる」

「その点、倉木さんは昔とあまり、変わりませんね。わたしより年上だ、ということは分かるけど」

大杉は、コーヒーを飲んだ。

ときどき、昨夜のように倉木美希のマンションに、泊まることがある。

しかし、大杉が目を覚ましたときは、おおかた美希は先に起き、朝食の用意をしているか、出勤してしまっていることが多い。寝顔というものを、ほとんど見た覚えがない。

「年寄りくさい話は、やめてくれ。それより、ゆうべの事件で今までに分かったことを、早く聞かせてもらいたいな」

大杉がせかすと、残間はもったいをつけるようにボトルを取り上げ、またまたカップに酒をつぎ足した。

もはや、ブランデーにコーヒーがまざっている、という感じだ。

「社会部の遊軍に、ヒラニワジロウという若い記者がいましてね。平らな庭に、次郎物語の次郎って書くんですが、こいつは食いついたらとことん離さない、しつこいたちなんです。だれもヒラニワと呼ばずに、ピラニアと呼んでます」

平庭次郎《ひらにわじろう》か。

「けさ、メールで送ってくれた百舌の写真は、そのピラニアなる若造が撮ったのか」

「そうです。食いつかれた捜査員も、根負けしたんでしょう。むろんオフレコですが、けっこう細かいことまで、しゃべってくれたようです」

「夕刊に載るんだろうな、第一報は」

「事件そのものは、もう早版に出てますよ。ただ、ほんの速報だけです。もちろん、写真も載りません。そういう約束なのでね」

「遅版には、詳報が載るのか」

「いや、無理ですね。詳しいリポートは、あしたの朝刊以降になります。テレビも、同様でしょう。肝腎なことは、公表されてませんから」

「東都ヘラルドは、あんたが解説記事を書くんだろう」

「ええ。ただし裏づけがないので、全部は書けないでしょう。とにかく、大杉さんには洗いざらい、お話しします。ご意見も、うかがいたいし」

「倉木美希にも、聞かせてやりたいとこだがな」

「倉木さんには、大杉さんから伝えてください。逆に、倉木さんから警察筋の情報がもらえたら、ありがたいんですが」

「その件は、伝えておこう。とりあえず、話を聞かせてくれ」

残間は、ブランデーとコーヒーのミックスを、うまそうに飲んだ。

すわり直して言う。

「まず、事件の直前に茂田井の家を訪れて、茂田井夫人が応対した女のことから、お話しします」

「茂田井のかみさんは、テレビのニュースによれば早智子、というそうだな」

「ええ。四十歳年下の、後妻だそうです。介護福祉士の資格を持っていて、茂田井のめんどうをみていたらしい」

「それで、そのかみさんが応対した女は」

「訪ねて来る少し前に、民政党の三重島の使いの者だが、ご主人に面会させてもらえないか、と電話してきたそうです。そのとき、相手は弓削まほろと名乗った、とかみさんは言っています」

大杉はうなずいた。

「ほう。弓削まほろ、とね」

最初に、残間から電話で話を聞いたとき、早智子が応対した女は弓削まほろか、山口タキではないか、と思ったのだ。やはり、予想どおりだった。

「弓削まほろは、どんな用件で茂田井に会いたい、と言ったんだ」

「三重島の伝言を伝えたい、とだけ言ったそうです。ただし、無理ならご本人に会う必要はない、とのことだった。茂田井は、すでにベッドにはいっていたので、妻の自分がかわりに伝言を聞く、という条件で来訪を受け入れた。早智子夫人は、そう供述しています。そのときはまだ、弓削まほろが例の事件の関係者だ、ということに思いいたらなかった。女が家にやって来て、名刺をもらって初めて思い当たった、と供述しているそうです」

少し驚く。

「その女は、名刺を渡したのか」

「そうらしいです。ただ、指紋は早智子夫人以外のものは、いっさい検出されなかった、とのことでした。捜査本部では、女があらかじめ表面をよくふいて、渡すときも指紋がつかないように、へりを指の腹で挟んだのだろう、とみています」

「お茶は出さなかったのか。出していれば、湯飲みに残ってるかもしれん」

「湯飲みは出ていましたが、指紋はやはり夫人のものだけだったそうです」

用心深い女だ。

話をもどす。

「その名刺だが、まほろ本人がふだん使っているものかどうか、分からないのか」

「それは、調べがついています。例の事件のおりに、まほろと名刺を交換した捜査一課の管理官から、同じものだとの証言を得た、ということです」

大杉は、コーヒーを飲んだ。

「それだけじゃ、まだその女が本物の弓削まほろかどうか、断定できないだろう」

「ええ。捜査本部も確証をとるために、弓削まほろに連絡しているそうですが、オフィス兼自宅の固定電話には、応答がないらしいです。名刺には、ケータイの番号がはいっていない、とか」

大杉は、腕を組んだ。

まほろとは、あの事件のおり三重島茂の別邸で、一度だけ会ったことがある。

大杉が、御室三四郎と離れの暗闇の中で、死闘を繰り広げているさなか、突然部屋の明かりをつけたのが、まほろだった。

和服を着た、色白の美しい女だったことは、確かに覚えている。しかし、その後ゆっくり顔を合わせる機会がなく、記憶があいまいになってしまった。

「その女のことを、早智子はどんなふうに言ってるんだ。背が高いとか低いとか、髪形や目鼻立ちがどうだとか、何か覚えているだろう」

「和服姿の、髪を引っ詰めに結った、化粧の濃い女だそうです。中肉中背の自分と、そう変わらない体つきだった、と」

大杉は、首をひねった。

記憶では、化粧の濃い女だった、という印象はない。

「それはかえって、あやしい感じもするな。茂田井を殺すのに、和服みたいな目立つ格好で行くのは、むしろおかしいだろう」

「あるいは、そう思わせるのが目的だった、とも考えられますね」

確かに、その可能性はある。

少し考えて続けた。

「捜査本部は、三重島から事情聴取をしてないのか。茂田井に、自分の伝言を届けるように、弓削まほろに頼まなかったかどうか」

「事情聴取はともかく、問い合わせはしたようです。三重島は秘書を通じて、弓削まほろにしろだれにしろ、そのようなことをひとに頼んだ覚えはない、と回答してきたらしい。まほろの連絡先は、オフィス以外に知らない、とも」

「しらじらしいな、愛人だとされているのに」

「警察としては、そう軽がるしく断定するわけに、いかないでしょう」

「ちなみにその伝言は、どういう内容だったのかな。早智子は、なんと言ってるんだ」

残間が、コーヒーを飲み干す。

「民政党の有志が、ときどき茂田井のところに何人か集まって、政治談義をしているらしいんです。取りまとめは、政策委員会の副委員長の大野木武則が、やっているとか」

急に話がそれたので、大杉はとまどった。

「大野木というと、党内に残る数少ない茂田井派の、中心人物だな」

「ええ。ちょうど、きのうの夕方からその会合というか、茶話会と称する集まりが茂田井の家で、行なわれたそうです。三重島の伝言は、茂田井がそのような茶話会を開いて、党の運営にあれこれと、口出しするのはやめてもらいたい、という趣旨だったらしい」

なるほど、と思う。

三重島にとって、茂田井は依然として目の上のたんこぶで、そのような伝言を託すことがあっても、不思議はない気がする。

「三重島が、伝言を頼んだかどうかは別として、そういう会合が存在すること自体は、承知していたのかな」

「いや、それすら知らなかった、と言っているそうです。あくまで、秘書の話ですがね。そもそも〈オフィスまほろ〉は、選挙区からの相談や陳情の処理とか、いろいろな印刷物の制作とかが、おもな仕事らしい。三重島の代理で、外部に何かを指示するような立場にはない、ということです」

いかにも政治家らしい、木で鼻をくったような対応だ。

大杉も、コーヒーを飲み干した。

「とにかく、一刻も早くまほろをつかまえて、事実関係を確かめるしかないな。〈オフィスまほろ〉には、捜査員が張り込んでるんだろう。もちろん、東都ヘラルドのピラニアとやらも」

残間が苦笑する。

「ええ、もちろんね」

「オフィスは確か、例の事件のあと三重島の別邸を、引き払ったはずだ。港区《みなと》かどこかのマンションに、移ったんじゃなかったか」

「そうです。港区三田《みた》四丁目にある、スペリオル三田という超高級マンションに、移りました」

「そこもどうせ、三重島が持ってるんだろう」

「いや。所有者は、リザンキュウという不動産会社です」

「リザンキュウ。どういう字を書くんだ」

大杉の問いに、残間はボールペンを取り出して、メモ用紙に字を書いた。

大杉はそれを見た。

驪山宮、と書いてある。

「これで、リザンキュウと読むのか」

「ええ。まず、驪が読めないでしょう」

「読めないな。そもそも驪山宮とは、どういう意味だ」

「唐の玄宗《げんそう》皇帝の離宮で、楊貴妃《ようきひ》が住んだところだそうです。いかにも、成り金趣味の名前じゃないですか、金持ちが喜びそうな」

「ふうん。その、驪山宮という不動産会社は、三重島とどんな関係があるんだ」

「それは、分かりません。そもそも、関係があるのかないのかさえ、分かっていない」

4

大杉良太はソファを立ち、コーヒーをいれ直した。

今度は自分も、ブランデーを加える。残間龍之輔は、さすがに遠慮した。

それから、例の百舌の写真の話になる。

残間によれば、茂田井滋は昨日の午後遅く妻の早智子と、鳥藤和一という秘書に付き添われて、近くの多摩川沿いの緑地公園へ、バードウォッチングに行った。それが、若いころからの趣味だった、という。

早智子の話では、茂田井はレンズの中に奇妙な矢印が書かれた、カードらしきものをとらえた。それを追って、木立の中をあちこちレンズで探したあげく、一本の枝に留まった百舌を、発見した。

帰宅した茂田井は、そのまま書斎に閉じこもった。

一方早智子と鳥藤は、広間でテーブルや椅子の位置を整え、茶話会の準備をした。

そのあいだに茂田井は、撮影した百舌の写真をパソコンに取り込み、チェックしたらしい。ただし、その写真自体は早智子も鳥藤も、見ていない。

朝になってから、鑑識班が撮影現場の森を丹念に捜索したが、矢印を書いたカードも問題の百舌も、見つからなかったという。

早智子も鳥藤も、茶話会のあいだ茂田井は珍しく口数が少なかった、と証言していた。おそらく、自分が撮影した百舌の写真を見て、心穏やかではなかったはずだから、その反応は当然だろう。

ふだん茶話会は、夕食を挟んで三、四時間続くのが常なのだが、この日は食事までにはいたらず、ほんの一時間ほどでお開きになった、という。

それだけでなく、終了後茂田井は気分がすぐれないと言いだし、午後八時にはベッドにはいってしまった。

秘書の鳥藤は、邸内を見回って戸締まりなどを確かめ、別棟にある自分の部屋にもどった。

もう一人、掃除や洗濯などの雑用や、買い物などを引き受ける椎野《しいの》スエ子《こ》、というかよいの手伝いがいるが、いつものように八時には、茂田井邸からほど近い自宅へ、帰ってしまった。

早智子が、弓削まほろと名乗る女から電話を受けたのは、九時前後のことだった。十時に女が訪ねて来て、麻酔薬らしきもので早智子の意識を奪うまで、せいぜい十数分しかたっていなかった。

早智子が、ベッドで意識を取りもどしたのは、午前零時にあと十分か十五分、というところだったらしい。

つまり、茂田井は前後一時間半ほどのあいだに、殺されたことになる。

それだけあれば、女が寝室に忍び込んで茂田井を刺殺し、死体のまぶたに細工を施してから、早智子を隣のベッドに運び込むことは、楽にできたはずだ。たとえ、あと先が逆だったとしても、時間的な余裕は十分にあっただろう。

大杉は言った。

「犯人かどうかはともかく、その女が弓削まほろ本人ということは、まずないと思っていい。もちろん、そう思わせるのが目的だったかもしれん、というあんたの意見にも、傾聴すべきものはあるがな」

「犯人かどうかはともかく、というのもずいぶん慎重な意見ですね。その女のほかに、犯人はいないでしょう」

「そうかな。早智子の、自作自演という可能性も、ないわけじゃないぞ」

カップに、手を伸ばそうとしていた残間は、虚をつかれたように動きを止めた。

　しかし、すぐに苦笑してカップを取り、一口飲んだ。

「まさか。からかわないでくださいよ」

「どうしてだ。茂田井の介護がいやになったとか、早く財産を手に入れたくなったとか、いくつか可能性がある。おれが捜査官なら、まずその線から疑ってかかるな」

　大杉が言うと、残間は真顔にもどって少し考え、ゆっくりと応じた。

「ま、確かに可能性としては、ありますね。ピラニアにも、伝えておきますよ」

　大杉はコーヒーを飲み干した。

「さてと、まだ肝腎なことを、聞いてないぞ。百舌の写真と同じように、茂田井の上下のまぶたが縫い合わされていた、というのは興味深いな。実際に、確認したのか」

「実際に、見たわけじゃありませんが、ピラニアが捜査員から聞き出したんです。捜査本部では、当面そのことを伏せておく方針らしくて、オフレコだと固く口止めされたそうです」

「だとしても、その若造はよくそんな極秘の情報を、引き出したな」

「それには、わけがあるんですよ。ピラニアは、茂田井が写した百舌の写真を、捜査員からこっそり見せられて、その意味を説明してやったんだそうです」

　大杉は、残間の顔を見直した。

「つまり、まぶたを縫い合わされた、百舌の意味をか」

　残間はゆっくりと、長椅子の背に体を預けた。

「そうです。その百舌と同じように、茂田井がまぶたを縫い合わされていたので、捜査本部でも何かの意味があることは、見当がついたでしょう。しかし、捜査員の中にその意味が分かる者は、だれもいなかった」

そこで一呼吸おき、あとを続けて言う。

「ところが、例のピラニアがその意味に心当たりがある、と言いだしたんですよ」

大杉は、残間のもったいぶった口調に、少しいらいらした。

「若造のくせに、なんでも知ってる生き字引、というわけか」

「字引にしても、ときどき落丁がありますがね。ともかく、捜査員が例の百舌の写真を、ピラニアに撮らせてくれたのも、その意味を教えてやったからなんだそうです」

いらだちを抑え、ゆっくりと聞き返す。

「まぶたを縫い合わせることに、どんな意味があるんだ」

「ピラニアによれば、あれは野鳥マニアのあいだで〈百舌落とし〉と呼ばれる、おとり作戦らしいんです」

大杉は、顎を引いた。

「〈百舌落とし〉。どういう意味だ。なんのための、おとりなんだ」

「詳しいことは、わたしにも分かりません」

「百舌の速贄は聞いたことがあるが、〈百舌落とし〉というのは初耳だな」

「ピラニアによると、〈百舌落とし〉は百舌の上下のまぶたを縫い合わせたり、場合によっては肢を枝にくくりつけたりして、飛べないようにするんだそうです。すると、百舌はしきりに鳴き立てるものの、枝から飛び立つことができない。その様子を見て、ほかの百舌をはじめ、いつもは百舌を恐れる別の野鳥が、興味を抱いて寄って来る。それを、隠れていたハンターが網やらトリモチやらで、つかまえるらしい。そんなことを、もっともらしく捜査員に話した、と言ってました。それだけでも、連中にとっては貴重な情報ということで、ピラニアにごほうびをくれたんでしょう」

大杉は指を立て、疑問を呈した。

「勝手に野鳥を捕獲するのは、禁じられてるんじゃなかったか」

「そのとおりです。ただし、正規の狩猟による捕獲は、ざっと三十種類くらいですが、認められています」

「それにはむろん、狩猟免許がいるんだろうな」

「ええ。免許だけじゃなくて、狩猟する前に届けを出す必要があります」

「それで、百舌はその三十種類ほどの中に、はいってるのか」

「はいってません。どちらにしても、今回まぶたを縫いつけられた百舌は、非合法に捕獲されたものでしょう」

大杉は口をつぐみ、考えを巡らした。

犯人が、なんらかのメッセージを残そうとしたことは、明らかだ。

残間が、付け加える。

「ピラニアも、だいぶ前にだれかから聞いた話なので、〈百舌落とし〉がそのとおりの内容だったかどうか、保証はできないと言ってますがね」

「野鳥の本でもなんでも、専門書で調べてみたらいいだろう」

「もちろん、調べましたよ。だけど、うちの資料室に〈百舌落とし〉が載っている事典、図鑑は一つもないんです」

「ネットで調べなかったのか。あれはあまりあてにはならんが、どんなくだらんことでも何かしら、ヒットするのが取り柄のはずだ」

「それが、そのネットにも、出てこないんですよ。プロレスだか、ゲームだかの決まり手に〈百舌落とし〉というのがある、といった程度で」

　大杉は、少し考えた。

「その決まり手が、いわゆる必殺わざだとすれば、それを暗示したのかもしれんな。だれも知らない、野鳥捕獲のおとり作戦なんかよりは、その方がよほど気がきいてるぞ」

　残間が、むずかしい顔をする。

「どうですかね。一応読んでみましたが、どんなわざかよく分からない。少なくとも、まぶたを縫うわざとは、関係ありませんね」

　プロレスや、ゲームと関わりがないとすると、野鳥ファンなどのごく限られた範囲で使われる、特殊な用語としか考えられない。

　あらためて言う。

「呼び名の解釈は、この際置いておこう。それより、百舌のまぶたを縫いつけることで、犯人が何を伝えようとしたかが、問題だ。あんたは、どういうメッセージだと思う」

残間は、肩をすくめた。

「それは、すぐには、答えられませんね。まあ、〈百舌〉がらみの一連の事件には、目をつぶっている方が身のためだぞ、とでも言いたいんじゃないかな」

「だとしたら次の犠牲者は、唇を縫い合わされるかもしれないぞ。ちゃんと口を閉じていろ、とばかりにな」

残間は、眉根を寄せた。

「次の犠牲者、ね。次があるとしたら、だれになると思いますか」

「茂田井殺しが、三重島の差し金によるものだとしたら、次はおれや倉木美希、それにあんたのうちのだれか、ということになるだろうな」

残間はぞっとしない表情で、軽く肩を揺すった。

「だれの差し金でもなく、山口タキか弓削まほろが独自の判断で動きだした、としたらどうでしょうね。もし二人に、事件の裏を読むだけの頭があれば、そもそもの元凶は三重島だということが、分かると思う。だとすれば、三重島本人をねらうのが、筋じゃないかな」

大杉は、不精髭《ぶしょうひげ》をこすった。

「次にだれがやられるかで、犯人のねらいがどこに向いてるのか、分かるんじゃないか」

残間が苦笑する。

「それが分かったとたんに死ぬ、なんていう筋書きはごめんですね」

5

ビルから、女が出て来た。

女は外堀《そとぼり》通りへ回り、地下鉄に通じる階段を、おりて行った。おりながらも、その背中の張り具合から、周囲の動きに気を配っていることが、よく分かる。おそらく、それが身についた習慣になった、というわけだろう。少し、かわいそうになる。

女は、人込みに交じってエスカレーターに乗り、地下ホームへ向かった。

それには乗らず、並行する階段を使って、女のあとを追う。

ほんの一瞬、女は階段の方に視線を振った。たとえ、尾行に気がついたとしても、尾行者にはそれと分からぬほどの、目立たぬ動きだった。

ホームの人込みにおり立つと、女は身を守るように柱を背にして立ち、電光掲示板を見上げた。時間を確かめるような格好だが、それはかたちばかりのことだろう。

視線は動かさなくとも、視野にはいった周囲の人間の動きに、全神経を集中していることは、頬の緊張度から察しがつく。

これで気づかれるようなら、尾行はやめた方がいいくらいのものだ。

渋谷《しぶや》行きの電車が、はいって来た。

まずは、様子をうかがうとしよう。

*

倉木美希は、新合同庁舎一号館を出た。

地下鉄銀座線の、溜池山王駅《ためいけさんのうえき》を地下に擁する外堀通りの、一本裏手に建つこぢんまりした、新しいビルだ。

その最上階の六階に、公共安全局のオフィスがある。ほかの階には、内閣府のいろいろな部署の分室が、はいっている。

すぐ北側には、首相官邸と公邸が控えており、周辺の警備は厳重だった。

美希は、地下鉄の駅に向かって歩きながら、ごく自然に周囲の動きに目を配った。

大杉良太から、どんなときでも警戒を怠らないように、と固く言われている。

実際、これまでの自分のキャリアからすれば、いつだれにねらわれてもおかしくない、という気がする。おおげさかもしれないが、そう思っていた方がいいだろう。

大杉は、前夜マンションに泊まっていったが、夕方携帯電話にメールがはいり、夜七時から八時のあいだに、新宿で落ち合えないか、と打診してきた。ＲＺと会って、ＳＭ事件の詳細を聞いたので、それを報告したいという。むろんＲＺは残間龍之輔、ＳＭは茂田井滋のことだ。

テレビも夕刊も、茂田井が殺される前に訪ねて来た女が、薬物で夫人の早智子の意識を奪った、という事実だけは伝えていた。しかし、その女の名前や身元については、どのメディアも触れていなかった。

大杉は同じメールで、訪ねて来た女の正体をRZから聞いた、とほのめかした。

その誘い水に、いやも応もなく好奇心をくすぐられて、美希は警視庁同期の女子会の先約を、断わることにした。

大杉には、七時半に伊勢丹《いせたん》会館の一階奥にある、〈珈琲舎《コーヒーしや》ブエノ〉で待つと返信した。会館オープン以来、何十年も続いている老舗《しにせ》のカフェで、大杉とはよくそこで待ち合わせをするのだ。

ホームへおりようと、エスカレーターに乗ってから、それとなく周囲に目を走らせる。隣に並ぶ、くだり階段の人込みに交じって、和服を着た女の姿らしきものが、ちらりと視野をよぎった。

一瞬、いやなものを目にしたような気分になり、にわかに心が騒ぐ。

しかし、あえて何も見なかったふりをして、手すりにつかまった。

和服の女が、どこを歩いていようと不思議はないが、退勤する人びとであふれるこの時間、こうした場所で見かけることに、少し違和感がある。

あるいは、料亭やクラブなどで働く、くろうと筋の女かもしれない。それとも踊りや、小唄の師匠だろうか。

明確な理由はないが、どことなく神経に障るものがあり、焦燥感を覚えた。

尾行の可能性を考慮して、美希はまわりを気にするそぶりを見せずに、エスカレーターで下までおりた。

ホームの端には近寄らず、太い柱を背にして立つ。

電光掲示板を眺め、電車の到着時間を確かめるふりをしながら、それとなく周囲の様子をうかがった。

和服の女は、見当たらなかった。

気のせい、とは思いたくない。そこまで、神経過敏にはなっていない。

渋谷行きの電車は、かなり込んでいた。奥の方へ押し込まれたが、次の赤坂見附《あかさかみつけ》で乗り換えなければならず、無理やりドアの方へもどった。

丸ノ内線の、新宿方面への乗り換え客はかなり多く、美希はうまくホームへ押し出された。

ほっと一息つき、歩きだそうとしたとたん、背後で声がした。

「失礼ですが」

振り向くと、女が立っていた。

「倉木さんでいらっしゃいますわね。ご無沙汰しております」

そう言って、ていねいに頭を下げる。

相手の顔を見て、あまりにもぴたりと予感が当たったので、美希は少なからず驚いた。

小さくほほ笑んだその女は、大杉のメールを見てからずっと頭にあった、弓削まほろだった。

まほろは、そんな美希の混乱におかまいなしに、また口を開いた。

「その節は、失礼いたしました」

美希は呆然として、人込みの中にきりりと和服姿で立つ、まほろの顔を見つめた。

まほろは、人の流れの中におのずから咲き出た、百合《ゆり》の花のようだった。

「こちらこそ」

ようやく応じたものの、すぐにはあとが続かない。

やはり、階段でちらりと見かけた和服の女は、まほろだったのだ。

髪を引っ詰めに結ったまほろは、色白の顔に軽く頬紅をはいただけの、薄化粧だった。口紅も、申し訳程度にすぎない。

それを見て、以前三重島茂の別邸で会ったときの記憶が、鮮やかにもどってきた。

美しいには違いないが、感情をおもてに出さないせいか、いかにも印象に残りにくい、不思議な存在感の女だ。

われに返って聞く。

「茂田井滋が殺されたことは、もちろんご存じですよね」

その、前触れなしの逆襲にも、まほろはたじろがなかった。

「はい。テレビのニュースで、拝見いたしました」

美希は鼻白んで、唇の裏を嚙《か》み締めた。

拝見いたしました、もないものだ。ともかく、あきれるほど冷静な女だった。

大杉はメールで、茂田井の家を訪れた女の正体を、明かさなかった。

しかし、その口ぶりならぬ書きぶりから、弓削まほろか山口タキのどちらかだろう、くらいの見当はついていた。

牽制球《けんせいきゅう》を投げてみる。

「こんなところで、声をかけてこられたのは、ただの偶然かしら。それとも、あとをつけて来られたのですか」

「お勤め先のビルの出入り口から、あとを追わせていただきました」

臆面もなく答え、悪びれる様子がない。

つまりは、美希が公共安全局に出向になったことを、承知しているというわけだ。

まほろは続けた。

「お時間がおありでしたら、どこか近くでお茶などご一緒できれば、と思います。いかがでしょうか」

意外な申し出に面食らい、すぐには答えられなかった。

気持ちを落ち着け、考えを巡らす。

まほろは、三重島の別邸で初めて顔を合わせたときより、態度物腰が柔らかくなったようだ。あのときは、それなりに気が張っていたのかもしれない。

ともかく、まほろはあの事件の鍵を握る、重要な人物の一人だ。じっくり、話を聞いてみたい気がする。山口タキの消息についても、何か手がかりが得られるかもしれない。

こんな、降ってわいたようなせっかくの機会を、逃すわけにはいかない。大杉にはあとで、いかようにも説明できる。

「分かりました。ちょっと先約がありますが、調整できると思います」

まほろは、軽く首を傾けた。

「ありがとうございます。とりあえず、外に出ることにいたしませんか。一《ひと》ツ木《ぎ》通りに、存じ寄りのカフェがありますから」

そう言って、先にホームを歩きだす。

十分後、美希はまほろに案内されて、赤坂一ツ木通りのカフェにはいった。

まだ、午後七時を回ったところだが、どのみち大杉との約束の時間には、間に合わないだろう。途中で遅れる旨、連絡しなければならない。

コーヒーを注文するなり、美希はすぐさま水を向けた。

「お話がおありでしたら、さっそくうかがいますが」

まほろは水を一口飲んで、やおら切りだした。

「先ほど倉木さんが口にされた、茂田井滋殺害事件のことでございます。事件発生の少し前に、ある女性が茂田井氏を訪ねて、家にやって来た。ただ、ご本人はすでにお休みになっていらして、かわりに奥さまが応対された、と伝えられておりますわね」

「ええ。テレビや新聞では、そのように報道されていますね」

当たり障りのない返事をすると、まほろはかまわずに切り込んできた。

「その女性がだれであったか、倉木さんは見当をつけておられるのでしょう」

そう言いながら、じっと目を見つめてくる。

「どうしてそのように、お考えになるのですか」

「三重島茂の、別邸での事件のことを考え合わせれば、当然そうなります」

美希は、少し間をおいた。

「はっきり、おっしゃってください。わたしが、その女をだれと見当をつけているのか、聞かせていただきたいわ」

まほろは背筋を伸ばし、あっさりと言ってのけた。

「わたくしです」

あきれて、美希が口を開こうとしたとき、コーヒーが運ばれてきた。

まほろが、砂糖もミルクも使わずに、軽く口をつける。

美希も、同じように一口飲んで、さりげなく聞き返した。

「どうして、わたしがあなただと目当てをつける、とお考えになるのですか」

つい、まほろの口調に合わせようとして、舌がもつれそうになる。

「三重島茂、茂田井滋、あやしい女。この三つからキノウすれば、結論は一つしかないと思いますが」

美希は唇を引き締めた。

キノウが、帰納のことらしいと察するまでに、わずかな間があく。

すぐに反論した。

「でも、一連の事件にからんでいる女性は、あなただけではないでしょう。山口タキも、その条件に合うのでは」

そもそも、それだけのことで自分が疑われている、と思い込むのはいささか短絡的な発想だ。

あるいは、そう考えるべき理由が、何かあるのだろうか。

まほろは唇の端に、かすかな冷笑を浮かべた。

「それをうかがって、わたくしも安心いたしました。警察が、その女をわたくしと決めてかかるのではないか、と心配だったものですから」

「すでにご存じのようですが、わたしは今警察庁から別の組織へ、出向しています。今度の事件とは、なんの関わりもありません。したがって、詳しいことは知らないのです。ただ捜査本部も、それほど単純ではないでしょう。あなただけでなく、山口タキの存在も当然、視野にはいっていると思います。それに」

美希はそこで、一度言葉を切った。

まほろは、頰を軽く引き締めた。

「それに」

同じ言葉で、先を促してくる。

「それに、早智子夫人の証言が事実かどうか、調べるでしょうね」

まほろは、二度まばたきした。

「それは、早智子夫人が嘘《うそ》をついているかもしれない、ということですか。女性など、だれも訪ねて来なかったのに、自作自演で襲われたように見せかけた、と」

「ええ。あくまで、可能性の問題ですが」

まほろは上体を引き、コーヒーを飲んだ。

あらためて、口を開く。

「いずれにしても、警察はわたくしを容疑者の一人に、挙げておりましょう。となれば、おそらくわたくしの所在を、捜しているに違いありません。わずらわしいので、当分オフィスにはもどらないつもりですが」

「なぜですか。その女性があなたでないのなら、むしろすぐに捜査本部に出頭して、身の証《あか》しを立てられた方が、いいのでは。アリバイがあれば、問題ないでしょう」

美希が言うと、まほろは目を伏せた。

「実は、アリバイがないのです」

その返事に、美希は顎を引いた。

「とおっしゃると」

「電話で呼び出されて、まさに午後十時ごろ新宿アカデミー3、という映画館に行っていたのです。深夜上映の、『わが骨を拾え』という映画でした」

「だれに、呼び出されたのですか」

「山口タキです」

6

一瞬、なまの神経に触れられたような衝撃が、背筋を走り抜ける。

呼吸を整えて、倉木美希は言った。

「山口タキと、あれからも接触があったのですか」

弓削まほろが、強い口調で答える。

「いいえ。あの事件のあと、まったく連絡が途絶えておりました。それが、突然きのうの昼間、オフィスに電話がありまして、会いたいと言ってきたのです」

「どのような用件で」

「それは、言いませんでした」

「でも山口タキは、例の事件で手配が回っていることを、知らないはずがないでしょう。電話した結果、あなたが警察に通報しないという保証は、どこにもありませんよ。それなのに、会いたいなどと言ってくるかしら」

美希が指摘すると、まほろは珍しくたじろいだ様子を見せ、目を伏せた。

「それには、いろいろとわけがあるのです。いずれにしても、わたくしは会うことに同意しました。十時に映画館にはいれば、様子を見て山口タキの方から声をかける、という手筈《てはず》になっておりました。もしわたくしが、刑事さんなどを引き連れて行ったら、声をかけずに逃げるつもりだろう、と思いました」

嘘ともほんとうともつかない、もっともらしい説明だ。

「それで、山口タキと会えたのですか」

美希が聞くと、予想どおりまほろは首を振った。

「いいえ。映画が終わるまで待ちましたが、結局姿を現わしませんでした」

「それであなたは、どうなさったの」

「もしかすると、ケータイに連絡があるかもと思って、近くで待機することにしました」

「山口タキのケータイには、かけてみなかったのですか」

「あの事件のあと、つながらなくなったのです。廃棄したか、番号を変えたのでしょう。そのことは、当時警察のかたにも、申し上げました」

「オフィスに電話があったとき、かけてきた相手の番号は、液晶表示に出ないのですか」

「そのときは、公衆電話からの通話でしたので、番号は出ませんでした」

実際に、山口タキが電話してきたとすれば、それくらいの用心はするだろう。話をもどす。

「それであなたは、どこで待機なさったの」

「歌舞伎町《かぶきちょう》の、ラブホテルです」

美希は驚いた。

「ラブホテル。ラブホテルに、一人ではいったわけですか」

「はい。連絡がはいった場合、二人だけで過ごせる場所が、必要でしたので」

その口ぶりには、何か特別な意味が含まれているような、微妙なものが感じられた。

しかし、それを追及するのはなんとなく、はばかられた。

「でも結局は、連絡がなかったのでしょう」

「ありませんでした。朝になって、茂田井さんが殺されたという速報を、客室のテレビで見ました。それでちょっと、いやな予感がしたわけです」

「いやな予感、とはどんな」

「はっきり言えば、はめられたのではないか、と」

「待ちぼうけを食わされただけで、ですか」

「それだけではありません。山口タキは、わたくしにかならず洋装で来るように、とくどく念を押しました。和服だと目につきやすいから、という理由で」

「あなたはいつも、和服を愛用していらっしゃるのね」

「はい、ふだんから。洋服を着ることは、年に何度もございません」

美希はコーヒーを飲み、話を先へ進めた。

「それであなたは、山口タキにどのようにはめられた、と考えていらっしゃるの」

「先ほども申し上げましたけれど、事件の前に早智子夫人が応対した女を、わたくしと思わせる細工をしたのではないか。そう考えたのです」

「たとえば、山口タキがあなたになりすまして、茂田井の家を訪ねたと」

「はい。山口タキとわたくしは、体つきも顔の輪郭も似ておりますし、和服と化粧でごまかせば、なりすますことも不可能ではない、と思います」

「でも、今のところ新聞もテレビも、その女があなたであることを示唆する、具体的な報道はしていないでしょう。名前も出ていないし、服装を含めてどんな女性だったかも、公表されていないわ。あなたの考えすぎ、ということもあるのでは」

美希は、自分の考えとは裏腹なことを、口にした。

「それはない、と思います。けさになって、わたくしのマンションの近くから、様子をうかがったのです。そうしましたら、建物の周辺に刑事さんらしい男の人が、何人も張り込んでいました。わたくしを捜しに来たことは、明白でした」

「でも、あなたは今、和服を着ていらっしゃるわね。一度マンションへ、おもどりになったんじゃありませんか」

美希が問いただすと、まほろはまた目を伏せた。

「いいえ、もどってはおりません。実を言えば、わたくしはある場所にもう一部屋、予備の隠れがを借りていて、そこで着替えたのです」

隠れが、というかびの生えた呼び名に、また特別な含みを感じる。

しかし、当面はそれを追及することも、やめにした。

「どうして、和服になさったのですか。かりに、警察に見とがめられるのが心配なら、目立たぬ洋服のままでいる方が安全、と考えるのがふつうじゃないかしら」

まほろはコーヒーを飲み、手を膝におろして背筋を伸ばした。

「見とがめられたら、しかたがないと考えたのです。倉木さんに声をおかけしたのも、言葉は悪いですけれど、居直ったからといっていいと思います」

「それならいっそ、すぐに捜査本部に出頭されるように、お勧めします。そうすれば、警察の心証もよくなるでしょう」

「でも、アリバイのことが、心配なのです。山口タキから、電話があったことを証明できませんし、映画館のチケットも捨ててしまいました。映画の筋だって、よく覚えていませんん。ラブホテルには宿帳もありませんし、もう痕跡も残っていないでしょう」

まほろは、自分に不利なことを数え上げたが、それが計算ずくのような気もした。

美希は少し考え、ためしに質問した。

「隠れがというのは、いつごろから、なんのために、借りていらっしゃるの」

まほろは、また目を伏せた。

「例の事件の、ずっと前から。山口タキと、使うためです」

その短い答えの中に、複雑な意味が込められている様子が、一瞬にして読み取れた。

先刻からの、あいまいなやりとりに突然光が当たった、という印象だ。

ほとんど当惑して、美希は少しのあいだ言葉を失った。

まほろが黙っているので、しかたなく口を開く。

「そういうことだったのですか」

「はい」

多少声を低めたものの、例によって悪びれた様子はない。

「ほかにも何か、隠してらっしゃることがあるのなら、この際聞かせていただきたいわ」

まほろは、左手で右手の袖を優雅に押さえ、カップを傾けてコーヒーを飲み干した。

おもむろに言う。

「倉木さんと、別邸で初めてお目にかかったおり、わたくしに洲走かりほの血縁ではないか、という意味のご質問をなさいましたわね」

唐突にその話題を出されて、美希は少なからず身構えた。

「ええ、覚えています。好きなように考えてほしい、というお答えでしたよね」

「それで倉木さんは、わたくしが質問を肯定したもの、とお考えになったのでしょう」

どうやら、分かっていたらしい。

「おっしゃるとおりです。そうでなければ、はっきり否定なさるはずですから」

「わたくしは、洲走かりほとなんの血縁関係も、ありません」

きっぱりした口調に、美希はまほろの顔を見直した。

「なぜあのとき、そうおっしゃらなかったのですか」

「そう思わせておくのも、悪くないと考えたからです」

それを聞くと、意地悪な質問をしたくなった。

「だとしたら、三重島の愛人だという噂《うわさ》も、否定なさるでしょうね」

まほろは、ぞっとするような笑みを浮かべた。

「否定します。ありえないことですから。わたくしは、三重島の娘なのです」

その不意打ちに衝撃を受け、あっけにとられる。

「ほんとうですか」

「はい。母親のみすずは、わたくしが子供のころ亡くなりましたが、向島《むこうじま》で芸者をしておりましたころ、三重島と知り合ったと聞きました。わたくしの名前、名字の弓削は本名ですが、まほろは洲走かりほの妹の名を、借用しただけなのです。実の名前はひかる、弓削ひかると申します」

美希はまだ、混乱から立ち直れなかった。

急に喉の渇きを覚え、コップの水を飲む。

「弓削ひかるが、本名だとおっしゃるの」

「はい。まほろにしておけば、洲走かりほの妹と思い込む人が現われて、わたくしが三重島の隠し子であることを、カムフラージュできると考えたのです」

美希は、ショックを押し隠して、今度はコーヒーを飲んだ。

頭の中を整理し、もう一度念を押す。

「そうすると、三重島が洲走かりほの妹、まほろのめんどうをみている、というのはあくまでも、表向きのポーズだったのね」

「ポーズのように見せながら、実際に三重島は本物のまほろとも、深く関わっておりました」

わけが分からず、美希はまほろを見つめた。

「よく分からないわ。どういうことですか」

「山口タキが、洲走かりほの妹まほろであると同時に、三重島の実際の愛人だった、ということです」

美希は、頭に真っ黒な袋をかぶせられ、底なしの穴に落ちて行くような、茫然自失《ぼうぜんじしつ》の状態におちいった。

むろんそれは、ほんの瞬時のことだったかもしれないが、ひどく長い時間に思われた。

「お水をもう少し、いかがですか」

まほろに言われて、われに返る。

いや、この女はもはや、まほろではない。弓削ひかるという、新しい女なのだ。

しかもひかるは、三重島のことをそのまま名字で呼び、父親という言葉は口にしていない。

美希は、ともすれば震えそうになる手で、また水を飲んだ。

ひかるは、何も言わずにそんな美希の様子を、じっと見ている。

ようやく、血の巡りがもどってきたとき、最初に浮かんだことを口にした。

「もう一度確認しますが、実は山口タキが洲走まほろで、三重島のほんとうの愛人だ、とおっしゃるのね」

「そうです」

ひかるは、初めて会ったときのまほろと変わらず、冷静そのものだった。

美希は息を整え、念を押した。

「すると、本物のまほろは三重島の愛人でありながら、三重島の実の娘とも秘密の関係を持っていた、ということになるわね」

自分でも、半分わけが分からなくなりながら、念を押した。

ひかるが迷いも見せず、こくりとうなずく。

「はい」

美希はもう一度水を飲み、それからコーヒーを飲み干した。

「今うかがった複雑な関係を、どなたかほかのかたにお話しになったの」

「いいえ。今のところ、倉木さんだけでございます」

「なぜ、そうした秘密を打ち明ける相手に、わたしを選んだのですか」

ひかるは、軽く肩をすくめた。

「分かりません。ただ、倉木さんには分かっていただきたい、という気持ちがあって」

そこで言いさし、唇を引き結ぶ。

「わたしに、口止めをなさらないの」

美希が言うと、ひかるは意外なことを聞くというように、顎を引いた。

「するつもりは、ありません。でも、わたくしが茂田井殺しの件で疑われたとき、このことを思い出していただきたいのです。わたくしには、茂田井を殺す動機がありませんし」

「それは、わたしが判断することではない、と思います。ただ山口タキ、というか洲走まほろがなぜ、田丸清明をはじめとする男たちを、あのようなやり方で殺害したのか、いまだに理解できない。わたしには、三重島の指図によるものとしか、思えないのです。あなたは、自分があの事件にまったく関係しておらず、紋屋貴彦のミイラに関してもいっさい知らなかった、と供述されましたね。ありえないことだわ」

「でも警察は、それを認めてくれました」

「あなたの背後に、与党幹事長の三重島がいたからでしょう。愛人どころか、実の娘と分かれば警察は、いっさい手を出せなくなるわね。その意味でも、すぐに警察へ出頭されるのが、ベストでしょう。一日も早くね」

ひかるが、微笑を浮かべる。

「実を言えば」

そこまで言ったとき、美希の携帯電話が鳴りだした。

見ると、大杉からだった。

すでに、約束の時間を四十五分も、過ぎている。大杉としては、よくがまんした方だ。

「すみません。先約の相手に、遅れるように言いますから、一分ほど待っていただけますか」

ひかるは、小さく頭を動かした。

「どうぞ、ごゆっくり」

美希は席を立ち、トイレに向かった。

中にはいり、通話ボタンを押す。

大杉が、嚙みつくように言った。

「どうした。三十分以上遅れるときは、連絡を入れる約束だぞ」

「ごめんなさい。どうしても、はずせない用事ができてしまって。今度の事件と、深い関係があるのよ」

「どういう意味だ。説明してくれ」

「お願い。あと一時間、待ってちょうだい。それ以上、遅れることはない、と思うわ。終わったら、電話するから」

受話口の向こうで、大杉がうなる。

「だれかと、会ってるのか」

「そう。詳しいことは、あとでね。ちなみにお相手は、弓削まほろよ」

「弓削まほろだと」

「ええ。それじゃ」

返事を聞かずに、通話を切った。

急いで、席にもどる。

弓削ひかるの姿は、消えていた。

7

十分ほどの遅れで、女が出て来た。

相手が消えたと分かって、当然のように頰がこわばり、唇がきつく結ばれている。

まだ、そのあたりにいるのではないか、と期待するように通りの左右に、目を配った。

見つかるわけがない。

結局あきらめたらしく、女はバッグから携帯電話を取り出した。

歩きながら、だれかと話し始める。

そのとき、背後に車の近づく気配がした。

振り向くと、空車ランプを点灯したタクシーが、一方通行の道をやって来た。

とっさに、手を上げて停《と》める。

前を行く女は、歩きながらの通話に気を取られて、背後を見る余裕がなかった。

そのすきに、急いで車に乗り込む。

運転手に、すばやく五千円札をつかませ、歩調に合わせて女を追うように命じた。

女に、先にタクシーを拾われたら、尾行がむずかしくなる。女が、地下鉄の入り口にはいるようなら、車はすぐに捨てればよい。

表通りに出ると、女は携帯電話をしまった。

地下鉄の入り口には向かわず、車道に近づいてタクシーを探す。なぜか、車道の際までは近づかずに、手を大きく振って空車を停めた。

女が乗り込むと、車は赤坂通りを左折して、山王下へ出た。

さらにそこを左折し、赤坂見附から外堀通りをへて、四谷見附をまた左へ曲がる。

どこへ行くのか知らないが、電車に乗らないところをみれば、自宅へもどるのではあるまい。

ともかく、あとをつけてみよう。

＊

午後九時前に、倉木美希がやって来た。

それまで、美希から遅れるとの連絡もないまま、大杉良太は新宿伊勢丹会館のなじみのカフェで、延々と待たされた。

理由もなく、待ちぼうけを食わせる女ではないから、がまん強く待ち続けた。

しかし、約束の時間を四十五分過ぎたとき、さすがにしびれを切らして、携帯電話にかけてみた。

電話に出た美希に、もう一時間待ってほしいと言われて、いいかげん堪忍袋の緒が切れかかった。

しかし、どういういきさつからか知らないが、例の弓削まほろと面談中だと聞かされると、責めるわけにもいかない。それどころか、いったいどんな話になっているのか、ぜがひでも知りたくなった。

美希は、終わりしだいまた連絡すると言って、一度通話を切った。

ところが、それから五分もしないうちに、またかけ直してきた。なんでも、大杉と電話しているあいだに、まほろが姿を消してしまったらしい。とにかく、すぐにこちらへ向かう、と言う。

大杉は、前夜も一緒に飲んだばかりの店、〈リフレッシュ〉に場所を移すと伝えて、通話を切った。

店には、生のピアノ演奏がはいっていたが、そこからいちばん遠い壁際のボックス席に、腰を落ち着けた。

やって来た美希は、グレンチェックのスーツに身を包み、白いブラウスの襟をのぞかせていた。

向かいの席にすわるなり、大きくため息をついて言う。

「ごめんなさい、連絡もしないで」

「いいんだ。事情は分かった」

美希は、首をぐるりと回した。

「ああ、疲れた。弓削まほろには逃げられるし、喉は渇くし、おなかはすくし」

「おれも、飯はまだだ。何か食おう」

大杉はウエーターを呼び、追加とお代わりで生ビールを二つと、クラブハウスサンドを注文した。

さっそく、口火を切る。

「とりあえず、聞かせてくれ。どうして、弓削まほろと差しで話をする、などというチャンスに、恵まれたんだ」

「わたしも、予想外だったのよ」

美希によると、新宿へ向かおうとしたところへ、庁舎からあとをつけてきたまほろに、地下鉄のホームで声をかけられた、という。

赤坂見附で地上へ出て、お茶を飲みながらしばらく話をしたが、大杉に遅刻の電話をしているあいだに、まほろは姿を消してしまった。

「きっと、警察に通報されるのを、恐れたのね。あるいは、話が終わって別れたあと、つけられるのを避けたのかも」

ビールと、サンドイッチがきた。

大杉は、かたちばかり美希と乾杯して、喉をうるおした。

「弓削まほろの話は、あとでゆっくり聞きたい。とりあえず、きょうおれが残間から聞いた話を、伝えることにする」

「分かった」

「茂田井は、殺される前のきのうの午後、かみさんと秘書の男に付き添われて、近くの公園へバードウォッチングに、行ったそうだ」

「バードウォッチング」

「うん。若いころから、珍しい野鳥を観察して写真を撮るのが、趣味だったらしい」

残間から聞いたとおり、茂田井がレンズの中の矢印を追いかけて、百舌にたどり着いた経緯を、話して聞かせる。

それから携帯電話を開き、残間が送ってくれた写真を、美希に見せた。

「その百舌を、茂田井が撮影したショットが、これだ」

美希が、画面をのぞき込む。

「暗くて、よく分からないわ」

「もともとは、パソコンに送ってくれたものでね。きみにも見せようと思って、このケータイに転送したんだ。それで少し、画面が暗くなったかもしれんが、オリジナルも同じようなものさ」

美希は、さらに画面に目を近づけて、じっくりと眺めた。

「はっきりしないわね。鳥の頭部らしいことは、見当がつくけれど」

「おれも、残間に説明されるまでは、分からなかった。頭の真ん中辺に、白く光る点のようなものが、あるだろう」

「ええ」

「それが、縫い目らしいんだ。その百舌は、両目とも上下のまぶたをテグスで、縫い合わされてるのさ。つまり、目が見えないわけだな」

美希は眉を寄せ、なおも目を近づけた。

「言われてみれば、そのようね」

「そこには写ってないが、肢も枝に縛りつけられちまって、飛び立てないようになっているそうだ。要するに、ばたばた羽ばたきしたり、さえずって騒いだりするほかは、動きがとれない状態らしい」

美希は目を上げ、感心したように言った。

「茂田井に、わざわざこの百舌の写真を撮らせるなんて、ずいぶん手が込んでいるじゃないの。よほど、茂田井の趣味を詳しく知っていないと、仕掛けられないわざね」

大杉は、携帯電話を閉じた。

「だろうな。しかも、そいつはこうした罠《わな》を仕掛けるのを、楽しんでるんだ」

美希が、首をひねる。

「それにしても、残間さんはよくこんな写真を、手に入れられたわね。捜査本部はまだ、このことをマスコミに、公表していないでしょう」

「ああ、してない」

「どうやって、手に入れたのかしら」

大杉はビールを飲んだ。

美希も一口飲み、それから思い出したように、サンドイッチをつまんだ。

「残間によると、やつの後輩の記者が捜査員の一人に、この奇妙な写真の意味するところを、解説してやったらしい。そのお返しに、スマホでこいつを撮影するのを、黙認してもらったそうだ」

「そんな、優秀な後輩がいるの、残間さんに」

「ピラニア、と呼ばれる遊軍の記者だ、と言っていた。そいつによると、百舌のまぶたを縫い合わせるのは、〈百舌落とし〉という一種の罠なんだそうだ」

美希が、顎を引く。

「〈百舌落とし〉。聞いたことがないわ」

「だろう。残間は、ふつうの野鳥の図鑑や事典には載ってない、と言っていた」

大杉は、残間がピラニアこと平庭次郎から聞いたという、〈百舌落とし〉の意味を美希に話した。

「とにかく、飛べない百舌をおとりにして、ほかの百舌や野鳥をつかまえる、いかがわしい手口だ、という話だ。それを教えられた捜査員が、ごほうびにピラニアにスマホで、写真を撮らせたわけさ。ただし、紙面には写真も解説も掲載しない、という約束でな」

美希は、どうも納得がいかないという様子で、軽く首をひねった。

「そんな、ただの野鳥狩りの罠の話が、捜査の参考になるのかしら」

「そう判断したからこそ、その捜査員は撮影を許したのさ」

美希が、唇を引き締める。

「何か、わけがありそうね」

「あるとも。殺された茂田井も、この百舌と同じように上下のまぶたを、縫い合わされていたんだ」

それを聞くと、美希はさすがにびっくりした様子で、二度三度とまばたきした。

ビールを飲み、咳払《せきばら》いをして言う。

「それって、何かの儀式じゃないのかしら、オカルト宗教か何かの」

「そうは思えないな。これは、警告のメッセージじゃないか、という気がする。〈百舌事件〉の関係者に、一連の事件に目をつぶらないと、これと同じ目にあわせるぞ、という」

「関係者って、わたしたちのこと」

「おれたちだけじゃない。残間もいるし、三重島茂もいる。ここまでくると、おれたちだろうと三重島だろうと、相手かまわずねらってくるだろう。弓削まほろと山口タキの、どちらが犯人か知らないがね」

「それだったら、どちらにしても主義主張も何もない、ただの殺人狂じゃないの」

「人殺しに、主義も主張もあるものか」

大杉が言い捨てると、美希は一息入れるように、椅子の背に体を預けた。

口調を変えて言う。

「先へ進む前に、さっき弓削まほろから聞かされたことを、話しておいた方がよさそうだわ」

大杉も、肩の力を抜いた。

「いいとも、聞かせてもらおう。ちなみに、きのうの夜茂田井の家に電話してきて、妻の早智子が応対した女は、弓削まほろと名乗ったそうだ。これも、マスコミには伏せられているが、きみにはある程度予測がついていただろう。それについて、まほろとのあいだに話は出なかったか」

美希は、ビールを飲んだ。

「これまでの経緯からして、弓削まほろも自分が疑われることは、覚悟していた様子だった。でも、自分は茂田井の家に電話もしなければ、訪ねて行きもしなかったと、きっぱり否定したわ。ただ、自分が容疑者の一人だということは、よく承知しているみたいよ。もちろん、行方を捜索されていることもね」

「当然、自分が茂田井を殺したとは、言ってないんだろう」

「ええ。ご当人は、犯行時間の前に山口タキに呼び出されて、新宿の深夜上映の映画館に行った、と言っているの。でも、結局タキはその場に現われずに、すっぽかされたそうよ。そのあいだに、茂田井が殺されたわけね」

　大杉は、顎をなでた。

「つまり、まほろは山口タキに引き回されて、アリバイのない状況におとしいれられた、と言いたいんだな」

「ええ。そう主張しているわ」

「しかし、まほろのようなりこうな女が、そう簡単にそんな罠にはまるかな。むしろ、タキから電話を受けた段階で、捜査本部に通報して逮捕に協力するのが、ふつうじゃないかね。タキが、三重島の別邸事件の容疑者として、自分同様行方を捜されていることは、それこそ百も承知だろう」

　美希の眉が、ぴくりとする。

「ところが、まほろには捜査に協力できない、それなりの理由があるのよ」

　大杉は、美希を見直した。

「どんな理由だ」

　その問いに、美希が応じた話の内容は予想外のもので、さすがに度肝を抜かれた。

弓削まほろが、美希に打ち明けた話によると、まほろは三重島茂の愛人などではない。三重島と、向島のさる芸者とのあいだにできた、実の娘なのだという。

それが事実なら、当然ながら弓削まほろは洲走かりほと、なんの血縁関係もないことになる。

それどころか、山口タキこそ洲走かりほの実の妹まほろであり、〈弓削まほろ〉は単にその名前を借りただけで、実の名は〈弓削ひかる〉なのだという。

大杉は、驚くよりもあきれ果てて、首を振った。

「弓削まほろじゃなくて、弓削ひかるが本名、とね。なぜそんな、ややこしいことをしたんだろうな」

「一つには、山口タキが洲走かりほの実の妹まほろだ、という事実を隠したかったんでしょうね」

「弓削ひかるが、そこまで洲走まほろをかばい立てする理由が、何かあるのか」

「実は洲走まほろは、三重島の愛人だったらしいの。弓削ひかるは、それを世間の目から隠すのと、自分が三重島の隠し子であることをカムフラージュするために、表向き自分が愛人に見えるように、振る舞ったわけね」

大杉は頭が混乱して、いっとき言葉を失った。

サンドイッチを頰張り、それをビールで流し込む。

首を振って言った。

「そんな裏が、あったとはなあ。おれの理解を、はるかに超えるよ」

美希が、薄笑いを浮かべた。

「驚くのは、まだ早いわ。弓削ひかると、洲走まほろのあいだにも、隠れた関係があるらしいの」

「隠れた関係」

大杉はおうむ返しに言い、途方に暮れて美希の顔を見返した。

美希も、ビールをあおる。

「想像はつくでしょう、いくら良太さんが鈍感でも」

その口調に、すぐに察しがついた。

ビールを飲み干す。

「ああ、想像はつく。その手の関係には、なんの興味もないがね」

美希は、小さく笑った。

「それを聞いて、ほっとしたわ」

大杉は顎をなで、つくづくと言った。

「しかし、さすがに洲走まほろは、かりほの妹だな。その、ぶっ飛んだしたたかさというものは、まさに姉譲りってとこだろう。あの弓削まほろ、というか弓削ひかるを、陰で操っていたとすればな」

美希も、ビールを飲み干す。

「それはまだ、断定できないわ。弓削ひかるが、わたしにほんとうのこと、それもほんとうのことだけを話した、という保証はどこにもないもの」

大杉は生ビールのお代わりを、美希はスペイン産のシャンペン、カバをグラスで頼む。

「ちなみに、まほろとひかるは常時、連絡をとり合ってるのか」

大杉が聞くと、美希は軽く肩をすくめた。

「弓削ひかるは、映画館に呼び出す電話をかけてきたのが、別邸の事件以来初めての接触だった、と言っていたわ」

大杉は、また顎をなでた。

「弓削ひかるが、まほろから連絡があったことを、すぐに警察に通報しなかったのは、二人の関係がまだ続いている、という証拠だろうな。常時、接触があったかどうかはともかく、縁は切れていなかったんだ」

「そうね。でも、弓削ひかるにすれば、茂田井殺しに関するかぎり、洲走まほろにはめられた、という意識はあるはずだわ。それが、二人の関係にどんな影響を与えるか、予断を許さないわよ」

大杉は、運ばれてきた新しいビールに、口をつけた。

「弓削ひかるの話だけじゃ、茂田井殺しがひかるとまほろの、どちらのしわざなのか、断定はできないな」

美希も、カバをなめる。

「弓削ひかるが犯人なら、少なくとも三重島に手を出すことは、ないでしょう。三重島が実の父親、というひかるの話を信じれば、だけど」

「それはともかく、洲走まほろが三重島の愛人だったという話は、おれは眉つばものだと思う。三重島は、姉のかりほをさんざん利用したあげく、死に追いやった張本人だ。まほろが、そんな男の愛人になるなんて、考えられないだろう。三重島だって、それを承知でまほろを愛人になんか、するはずがない。いつ寝首を掻かれるか、分からないからな」

「でも、三重島はかりほを手なずけたように、まほろも手なずけたかもしれないわ。これまでのいきさつからして、茂田井殺しは三重島がまほろにやらせた、と考えるのが妥当じゃないかしら」

大杉は、腕時計を見た。

すでに、午前零時近い。

「このままじゃ、いくら話しても堂々巡りだ。今夜も泊まるぞ。しばらくは夜遅く、一人で帰したくないからな」

8

三日後。

大杉良太は、警視庁時代に親しくしていた先輩で、退職後デパートの警備課長に転身した男に頼まれ、宮城《みやぎ》県気仙沼《けせんぬま》市に出張した。

その先輩は松《まつ》居久 造《いきゆうぞう》といい、二十四歳になる三男が四年前に家出したまま、消息不明になっていた。

それが、最近になって気仙沼にいるらしい、との情報が耳にはいったという。

そこで松居は、大杉に気仙沼へ行って息子を捜し出し、連れもどしてくれないか、と頼んできたのだ。松居自身は、二週間ほど前に自転車で転倒し、股関節を脱臼したため療養中で、外へ出られない状態だった。

その息子も、高校卒業後父親のあとを継いで、警察官になった。ところが、二年ほどして年上の、それも亭主持ちの女性警察官と親しくなり、不倫関係におちいった。

その噂が広まって、二人とも警察にいづらい状況に追い込まれ、前後して依願退職するはめになった。

相手の女性は、離婚せずにもとのさやに収まり、スポーツジムの指導員に転職した。

一方、松居の息子は退職の日に自宅へもどらず、そのまま姿を消してしまった。

それ以来、四年近く消息が絶えていたのだが、最近気仙沼で不倫相手だった女を見た、という目撃情報が伝わった。

松居が、人を介して調べてみると、女は三カ月前に離婚しており、家を出てしまっていた。女の実家は福井《ふくい》なので、気仙沼は縁のない町だった。

女を見かけたのは、一年ほど前に宮城県警に赴任した、キャリア警察官の妻だという。女とは、高校の同期生に当たるとかで、旧知のあいだ柄だった。

その妻は、気仙沼へ同僚の妻とともに遊びに行き、浜辺にある水産会社の直売店に、立ち寄った。そのおり、ゴムの長靴と前掛け姿で働く、件《くだん》の女を目にしたという。

不倫の一件を承知していたので、声をかけるのもはばかられて、相手が気づかなかったのを幸いに、そのまま店を出た。

仙台《せんだい》へもどったあと、東京《とうきよう》にいる共通の知人に話をしたところ、それがあちこち巡りめぐって、松居の耳に届いたらしい。

そこで松居は、息子がその女と一緒にいるに違いない、と信じて大杉に気仙沼行きを依頼した、という次第だった。結婚するつもりなら、反対しないから東京へもどって来い、と伝言まで頼まれた。

仙台へ行った大杉は、つてを頼って情報源のキャリアの妻をつかまえ、問題の水産会社の名前を、聞き出した。

気仙沼で、その女を見つけるのは、簡単な仕事だった。

松居の読みどおり、息子は小さなアパートで、女と一緒に暮らしていた。一時は別れたものの、その後も連絡をとり合っていたらしく、女の離婚を機によりをもどした、とみられる。

二人は、別々の水産会社で働きながら、なんとか食べているように見えた。

大杉は息子に、父親に頼まれて捜しに来たことを告げ、伝言も言葉どおりに伝えた。

しばらく考えたあと、息子が直接父親と話したいと言うので、息子の携帯電話でその場から、東京の松居に電話した。

息子を見つけたことを報告し、すぐに電話を代わった。

息子は少しのあいだ、ぼそぼそとした口調で話していたが、そのうち大粒の涙をこぼし始めた。そばにいた女を抱き寄せ、電話をしっかり耳に当てたまま、泣き続ける。女も一緒に、泣きだした。

その様子から、話がいい方向に転がったと判断し、大杉は黙ってアパートを出た。若いころから、そうした場面に居合わせるのは苦手で、さっさと退散することにしていた。むろん、そのせいでこじれたこともあるが、今回はだいじょうぶそうに見えた。

楽な仕事だったが、珍しく後味のいい結果に終わって、気分が晴れた。

仙台、気仙沼にいるあいだも、倉木美希と残間龍之輔にはまめに電話して、様子を確かめた。

弓削ひかる、洲走まほろの所在は相変わらず不明で、茂田井殺しの捜査に進展はない、とのことだった。テレビや新聞にも、続報が出ない。

残間によると、捜査本部はその後も手がかりをつかめず、重苦しい雰囲気に包まれている、という。平庭次郎からも、これといった報告がないそうだ。

結局、仙台に一泊しただけで、翌日の夜東京へもどった。

念のため松居に電話すると、案の定息子と和解できたとのことだった。気仙沼での、電話のやりとりから想像したとおり、話し合いがついたようだ。

松居はくどくどと礼を述べ、早めに報告書と請求書を用意の上、家に来てほしいと言った。

翌日の午前中、事務所で松居宛のリポートを書いていると、固定電話が鳴った。

「お父さん。めぐみだけど、その後どう。変わりないの」

娘の、めぐみだった。別れた妻の姓、東坊《とうぼう》を名乗っている。

「ああ、変わりはない。おまえは」

「わたしも、変わりないわ。お父さんは、茂田井事件に関わってないの」

「関わってないよ。少なくとも、表向きはな」

「捜査本部は、マスコミだけじゃなくて警察内部にも、ほとんど情報を流さないみたい。ちょっと、異常な感じがするわ」

「そうか。かなり、神経質になってるな」

「ええ。政界への影響が、大きいからかもね」

「そうだろうな。それより、何か用があるのか。飯くらいなら、ごちそうするぞ」

「ご飯もだけど、ちょっと相談があるの」

いやな予感がして、大杉は受話器を握り直した。

「まさか、男関係じゃないだろうな」

めぐみが吹き出す。

「やめてよ、変な勘ぐりは。仕事のことで、ちょっと相談したいだけよ」

肩の力が抜けた。

「なんだ、仕事か。いくら父娘《おやこ》といっても、警察の手先にはならんぞ」

少し間があく。

「そのあたりは、会ってから話すわ。でも、父娘のあいだに残間さんをおくことで、解決できるかも」

大杉は、虚をつかれた。

「残間にも、声をかけるつもりか」

「ていうか、もう声をかけたわ。今夜八時に、会うことになってるの」

驚いて、笑いたくなる。

「手回しがいいな。おれも残間には、出張先から何度かかけて話をしたが、もどってからは連絡してないんだ」

「出張先って、どこへ行ってたの」

「仙台方面さ。本部時代の先輩に頼まれて、人捜しに行ったんだ」

「そう。残間さんは忙しいらしくて、ケータイがずっとつながらないの。それで、ためしに前に教わった、社会部の遊軍のデスクにかけてみたら、奇跡的につかまったのよ」

「そいつは確かに、奇跡的だ。残間は編集委員だし、ふだんはそんなところにいないからな」

「あら、そうなの」

「よほど暇なときに、遊軍の電話番をしてるらしいよ」

「もしかして、特ダネが飛び込んでくるのを、期待してるのかしら」

「かもな。それにしても、ケータイに出られないほど忙しいとは、なんの仕事だろうな」

少し間をおいて、めぐみが応じる。

「もしかすると、わたしがお父さんに相談するのと、同じ仕事かも」

気を持たせるつもりか、あいまいな言い方をした。

「今夜八時に、どこで会うんだ」

「京橋の、〈鍵屋〉というバーよ」

またまた驚く。

「おまえ、〈鍵屋〉を知ってるのか。行ったことあるのか」

「ないわよ。残間さんが、電話で指定したの。場所も、教えてくれたわ」

大杉は、もう一度受話器を握り直した。

考えてみれば、別に驚くほどのことではなかった。どうも、めぐみのこととなると、気を回しすぎる傾向がある。

息を整えて言う。

「会う前に、飯でも食うか」

「食べたいけど、七時過ぎまで会社で会議があって、出られないの。今度、ごちそうしてね」

警察官は、外で自分の職場のことをしばしば、〈会社〉と呼ぶのだ。

「そうか、分かった。ところで、おまえの相方は、どうなんだ。車田とかいう、コウノトリみたいな若造も、一緒に来るのか」

車田聖士郎は、生活経済特捜隊でめぐみとコンビを組む、一階級上の警部補だ。

めぐみは笑った。

「警部補は、来ないわ。一応、残間さんとお父さんに会うつもりだ、という話はしてあるけど」

わけもなく、ほっとした。

さりげなく、言ってみる。

「もし、おれの手が必要になるような話なら、村瀬も連れて行こうか」

「村瀬さんて、お父さんのアシスタントをしている、あの人ね。ポルシェに乗ってる」

「そう、その村瀬だ。前の事件のとき、一度だけ挨拶したことがあるよな」

「ええ。二人でどうも、どうもって言い合っただけだけど。連れて来てもいいよ。口が堅そうだし、お父さんよりフットワークも、よさそうだから」

ついでに、村瀬と付き合ってみる気はないか、と口に出しそうになった。しかし、言いそびれてしまった。

電話を切ったあと、なんとなく気分がよくなる。

ためしに、村瀬正彦に電話してみると、留守電になっていた。

村瀬は、御茶ノ水《おちゃのみず》の美術学校の講師をしているので、おそらく授業中なのだろう。時間があいたら、携帯電話に連絡してほしい、とメッセージを残しておく。

夕方、小田急《おだきゅう》線《せん》の狛江《こまえ》まで行き、松居久造のマンションを訪ねた。

松居は、長男も次男もとうに独立しており、妻と二人暮らしだった。

大杉は、電話の様子で話がついたと察して、通話が終わらないうちに辞去したことを、正直に伝えた。

松居は、世間体や相手の前夫のことを考えると、すなおに喜べないものがあるが、黙って受け入れる決心をした、と言った。三カ月以内に、東京で住まいと仕事を見つけ、内輪で結婚式を挙げる、という。

大杉が、交通費その他の必要経費を示すと、松居は妻に金のはいった封筒を、持って来させた。

その厚みから、通常の手数料の倍以上はいっている、と見当がついた。

大杉は、封筒の中から経費ともで十万円だけ、頂戴することにした。残りは、息子さんの挙式と新居の費用に、と言って辞退した。

狛江の駅に着いたとき、村瀬から携帯電話に連絡がはいった。

夜はあいている、と言うのでめぐみや残間と会うことを伝え、同席してほしいと持ちかけた。

村瀬は、二つ返事でオーケーした。

「二人と落ち合う前に、飯でも食わないか。ごちそうするぞ」

「いいですね。また、トンカツでどうですか」

「トンカツね。そんなに、食いたいか」

「もう、死ぬほど」

「それなら、前回きみが連れて行ってくれた、銀座の〈不二《ふじ》〉の近くに〈とん㐂《き》〉という、別のトンカツ屋がある。とんきのきは、喜ぶという字の草書体からできた、七を三つ書くやつだ。そこへ行こう」

村瀬とは、六時半に数寄屋橋《すきやばし》の交差点で落ち合い、一本裏手の通りに面した〈とん㐂〉に、案内した。地下にある、カウンターとテーブルが三つだけの、こぢんまりした店だ。

ここは、トンカツもうまいが、カツ丼もうまい。

村瀬は、ポルシェで来て地下駐車場に停めたとかで、ウーロン茶を頼んだ。大杉だけ、生ビールを注文する。

大杉は、かつてこの店のおやじに、こう尋ねたことがある。

「この店を除いて、ほかにうまいトンカツ屋があったら、参考までに教えてくれないか」

　するとおやじは、言下に答えた。

「トンカツ屋に、まずい店はありませんね。どのトンカツ屋にも、その店がいちばんうまいと思う客が、かならずいるものです。だれが食べてもうまい、なんて店はだれが食べてもうまくない、というのと一緒ですよ」

　禅問答のような趣だったが、なんとなく納得のできる返事だった。

　村瀬はロースカツ定食、大杉はご飯を少なめのカツ丼を、注文する。

　ビールとウーロン茶で、グラスをぶつけ合った。

　料理が運ばれてくると、村瀬は無言でがしがしと食べ始めた。細身のくせに、食べっぷりは豪快だ。

　ひとしきり食べて、村瀬は箸を休めた。

「めぐみさんと、残間さんに呼び出されたとなると、また何か込み入った話になりそうですね」

「二人が、前に追いかけていた武器輸出三原則、というか防衛装備移転三原則と名前が変わった、あのいかがわしい一件じゃないか、と思う」

「めぐみさんは、まだあの一件を調べてるんですかね」

「そうだとしても、のっけからブン屋と民間の調査員に、相談とはなあ」

「いいじゃないですか。大杉さんとは父娘だし、めぐみさんは残間さんとも、親しいんでしょう」

「警察官という立場からすれば、調査事務所長の父親や新聞記者に頼るのは、まずいだろう」

村瀬は、また箸を使いながら、さりげなく話を変えた。

「新聞で見たけど、元民政党の茂田井が殺されましたね。いわゆる〈百舌事件〉の、関係者でしょう」

「そうだ。しかし、今夜の相談はその件じゃない、と思うよ。めぐみは、生活経済特捜隊だから、殺人事件とは関係ない」

「でも前回は、関係のある業界紙の編集長が、殺されましたよね」

確かに、当時三原則違反を取材していた、〈週刊鉄鋼情報〉の為永一良という男が、殺された。これも、今では洲走かりほの妹まほろ、とされる山口タキの犯行とみられるが、いまだに確証はない。

今度の茂田井殺しは、かりにまほろのしわざだとしても、生活経済特捜隊が関わるべき案件、とは思えない。

それはそれとして、村瀬には事件にからんでまた何かと、助けてもらう可能性がある。

カツ丼を食べながら、マスコミに報道されていないことも含め、茂田井の事件についてざっと説明した。

これまで、何度も手を貸してもらった経験から、村瀬が大杉の仕事になみなみならぬ関心を寄せ、しかもその勘どころを的確につかんでいることが、よく分かった。

不定期のアルバイトではなく、村瀬に決まった給料を払う余裕があったら、美術学校の講師などやらせておかず、正式の調査員に雇ってもいいくらいだ。

七時半に、村瀬は地下駐車場から車を出し、大杉を乗せて京橋へ向かった。

9

パーキングロットに車を停め、〈鍵屋〉にはいったのはちょうど八時だった。

なぜか、〈準備中〉のプレートが出ていたが、かまわずドアを押す。

ボックス席に、入社面接を待つ学生のような風情で、めぐみがすわっていた。ダークグレイのスーツも、就職活動そのものという装いだ。

カウンターに客の姿はなく、残間龍之輔もまだ来ていない。

めぐみは立ち上がり、ショートカットの髪を軽く押さえて、村瀬正彦に挨拶した。

「その節は、どうも」

「こちらこそ、どうも」

村瀬も、ぎこちなく挨拶を返す。

まだ、どうもどうも、か。

大杉良太は苦笑して、黒革のベストを着たバーテンダーに、声をかけた。

「とりあえず、シャンペンだ」

「かしこまりました」

バーテンダーはしたり顔でうなずき、ふいていたグラスを棚にもどした。

ゆったりしたボックスに、めぐみを左右から挟む形で、腰を下ろす。

「なんで、シャンペンなの」

めぐみに聞かれて、大杉は鼻をこすった。

「別に、理由はないよ。まあ、再会を祝して、というとこかな」

めぐみが、とまどった様子でちらり、と村瀬を見る。

村瀬は、なぜか緊張した面持ちになり、前触れもなく言った。

「おいしかったですね、〈グランエフェ〉は」

めぐみは、ますますとまどった顔で、背筋を伸ばした。

「はい、おいしいスパゲティでした。ハンバーグも、おいしそうでしたね」

「うまかったです。これまで食べたうちで、三本の指にはいります」

大杉の勘違いでなければ、めぐみの頰が珍しく赤くなった。

「あのスパゲティは、わたしの中では、いちばんかも」

大杉は内心、ほくそえんだ。これはもしかすると、脈があるかもしれない。

シャンペンがきたので、乾杯する。村瀬は車なので、軽くなめただけだ。

しばらく、村瀬が美術学校で教えている、造形美術の話をした。例によって、粘土細工だと謙遜する。

時間を確かめると、いつの間にか八時半を回っていた。

「残間のやつ、遅いな。連絡ぐらい、してくりゃいいのに」

大杉がぼやくと、めぐみは軽く眉を寄せた。

「事件に進展があって、忙しくなったのかしら」

「どっちの事件だ。おまえのか、おれの方か」

「両方かも」

村瀬が、割ってはいる。

「電話してみたらどうですか、念のため」

大杉は、携帯電話を取り出した。

めぐみを見て言う。

「おれは、ケータイにかける。おまえは、社会部の遊軍のデスクに、かけてみろ。まあ、いないとは思うが」

二人一緒に、ボタンを押し始める。

大杉の方は、例によって電源が切られているか、圏外になっているとのメッセージが、流れてきた。

舌打ちして、携帯電話を置く。

めぐみが、急に話しだしたので、大杉は顔を上げた。

「もしもし。こちら東坊と申しますが、編集委員の残間さんは、そちらにお見えでしょうか」

しかし、すぐに丁重に礼を言って、通話を切る。

顔を見合わせた。

「つかまらないわ」

「こっちも、相変わらず出ない」

応じながら、大杉は胸騒ぎを覚えた。

急に思いついて、めぐみに言う。

「もう一度、遊軍のデスクに、かけてくれ。おれが話すから」

めぐみは眉をひそめたが、すぐに言われたとおりにした。

携帯電話を受け取り、耳に当てた。

大杉は、受話器を取った男に残間の友人だと伝え、平庭次郎と連絡をとりたいので、連絡先を教えてほしい、と申し入れた。

相手は予想どおり、当人の了解がないかぎり教えられない、と応じた。

そこで大杉は、相手に自分の携帯電話の番号をメモさせ、平庭の方から連絡してもらいたい、と頼んだ。相手は、一応当人に伝えると言って、電話を切った。

大杉は、めぐみと村瀬に平庭のことを説明し、ついでに茂田井殺しの未公表情報についても、手短に話して聞かせた。

九時を回っても、残間は現われなかった。平庭からの連絡も、はいらない。

大杉の胸騒ぎは、しだいに大きくなった。

めぐみも村瀬も、途方に暮れた様子を隠さない。口数も、極端に少なくなった。

気がついてみると、大杉たちが店にはいったあとは、だれも客が来ない。

大杉は、バーテンダーに聞いた。

「残間から、何か言われてないか。ここで待ち合わせたのに、なかなか来ないんだ」

バーテンダーが、厳しい表情で言う。

「残間さんから、八時から十時までは貸し切りにしてほしい、と言われました。ドアの表に、表示を出してあります」

あの、〈準備中〉のプレートが、それか。

大杉は途方に暮れて、めぐみに目を移した。

めぐみも、めったにないほど真剣な顔で、ささやく。

「残間さんは、きっとわたしの立場を気遣って、貸し切りにしてくれたのよ」

バーテンダーに、目をもどす。

すでに、三人とも何杯かお代わりをしたが、代金はたかが知れているだろう。

「すまんな、商売のじゃまをして。この埋め合わせは、あらためてするから、今夜のところは見逃してくれ。十時には、引き上げるから」

バーテンダーの頬が、ふっと緩む。

「どうぞ、お気遣いなく。残間さんにはいつも、お客さまを紹介していただいておりますので」

そのとき、テーブルに置いた大杉の携帯電話が、鳴りだした。

急いで画面を開くと、心当たりのない相手の番号が、表示されていた。

「もしもし、大杉さんのケータイですか」

聞き覚えのない、少々かすれ気味の声が、問いかけてくる。

「そうです。平庭さんですか」

「はい、平庭です。大杉さんのお名前は、残間からうかがっています」

大杉は、めぐみと村瀬に、うなずいてみせた。

「わたしも平庭さんのことは、残間君から聞いています。〈百舌落とし〉の件も含めて、ですが」

少し間がある。

「それで、わたしに何かご用でも」

「実は今夜、残間君と待ち合わせをしてるんですが、約束の時間を一時間半過ぎても、現われないんです。そのあいだ連絡もないし、ケータイにも出ない。どこで何をしてるのか、平庭さんに心当たりはありませんか」

「そうですか。実はわたしも、さっきからケータイにかけてるんですが、やはりつながらないんです」

当惑した口調だった。

「社会部の、遊軍デスクにもかけたんですが、やはりいなかった」

「編集委員室にもいないし、どこへ行っちまったんだか」

不安げに、言葉を途切らせる。

大杉は、一拍おいて言った。

「聞いておられるかどうか知りませんが、わたしも今度の〈百舌落とし〉の事件に、関わりを持っています。いずれ、お目にかかる機会があると思いますが、その節はよろしく」

「いえ、こちらこそ」

残間がつかまりしだい、連絡するよう伝えてほしいと頼んで、通話を切った。

めぐみも村瀬も不安を隠さず、じっと顔を見つめてくる。

一年半ほど前、近くのメキシコ料理店〈ソンブレロ〉で、残間とともに元東都ヘラルド新聞の社会部長、田丸清明に待ちぼうけを食わされたことを、思い出す。

あのとき、田丸は茂田井滋の家を出てほどなく、何者かに千枚通しを首筋に突き立てられ、すでに殺されていたのだった。

残間が、社からの電話でその知らせを受けたとき、大杉もここ〈鍵屋〉に一緒にいた。

いやな予感がして、大杉はため息をついた。

*

「あなたは、どなたですか」

　声が硬い。

「名前を言う必要は、ないでしょう」

「しかし、いきなり出て来い、と言われてもね」

「用件は、三十秒ですみます。だいじなものを、お渡しするだけですから」

「だいじなもの、と言いますと」

「あなたが記事を書くのに、ぜひとも必要なものです。これを手に入れれば、特ダネが書けますよ」

「分かりませんね。どんな特ダネですか」

「もと、茂田井滋が持っていたもの、といえば分かるでしょう」

　息をのむ気配がする。

「茂田井が。それは、つまり、もしかすると、あの、カセットテープのことですか」

　声がはずんだ。

「そうです」

「しかし、あれは田丸殺しの犯人が奪って、とうに三重島の手に渡ったはずだ」

「どうして、そう思うのですか」

「だからこそ三重島は、安心して茂田井を殺すことができた。あれが手元にある以上、怖いものはないから」

「そうとは限りませんよ」

少し間があく。

「あんたが、田丸や茂田井を殺した、犯人か」

うわずった声だ。

「そうかもしれません」

「田丸から奪ったカセットテープを、三重島に渡さなかったのか」

なかなか読みが鋭い。

「そうかもしれません」

「あんたは、だれなんだ。山口タキか」

「そうかもしれません」

「それとも、弓削まほろか」

含み笑いをしてやる。

「そうかもしれません」

しばらく間があく。

「どこで、そのカセットを渡してくれるんだ」

らちがあかないと思ったのか、本題にもどった。

「そちらの社の裏口に、建物に沿った横長の植え込みが、ありますね。あそこなら、裏通りに面しているし、人目につかないでしょう」

　こちらの提案を、じっくり考えているようだ。

「あんたを、見分けることができるかな」

「わたしを見ることは、ありませんよ。裏口を出てから、植え込み沿いに左へ十メートルほど進んで、茂みの中をのぞいてください。そこの、木の根元の地面の上に、置いておきます。ただし、一人で来るように。もし、だれかを連れて来たりしたら、同じカセットのコピーを、各社に送りつけます。あなたの特ダネには、ならなくなりますよ。分かりましたか」

　咳払いが聞こえた。

「分かった。すぐに取りに行く。裏口は人通りがないし、一方通行で車も少ない。だれか連れて行けば、一発で分かる。どうせ、どこからか見てるんだろう」

　それには答えない。

「一つだけ、聞かせてほしい」

　焦った口調だ。

「なんですか」

「見返りはなんだ」

　そこまでは、考えなかった。

「見返りね。見返りは、あなたがその情報をもとに、記事を書くことです。それさえ守っていただければ、ほかに見返りは何もいりません」

また少し、沈黙がある。

「書いたとしても、紙面に載るかどうかは上の判断だ。記事になる、と約束はできない」

慎重な男だ。

「かならず記事にする、と約束しなさい。約束できないなら、おりてこなくてかまいません。カセットは持ち帰って、ほかの新聞社に回します」

もっと長い沈黙。

「分かった」

「三分だけ待ちましょう。出て来なければ、この話はなしにします」

また、考えている。

「あなたが出て来ずに、どこからかこっそり見ていて、こちらがカセットを回収しに、のこのこ出て行くのを押さえよう、などとは考えないことです。回収なんか、しませんからね。同じカセットが、あちこちにばらまかれるだけです」

二分二十七秒後、午後七時三十一分に裏口の鉄のドアが開き、男が出て来た。

よれよれの、トレンチコートの襟を立てた、背の高い男だ。街灯の明かりは遠いが、間違いない。

男は、車道の際で排水溝の掃除をしている、ずんぐりした作業員を見た。車道には、清掃作業車が一台、停まっているだけだ。

少しためらったものの、背を向けて熱心に掃除を続ける作業員は、勘定に入れなくていい、と判断したらしい。

男は十メートルほど歩き、左右を見て人目がないのを確かめると、左側の植え込みを掻き分けた。

上体をかがめ、茂みの中に頭を突っ込む。コンクリートのへりに膝をつき、奥の方を手探りしているようだ。

そのすきに、静かにそばに近寄る。

男は、目的のものを見つけたとみえて、上体を起こした。

立ち上がって、カセットを手にしたまま、向き直る。

その顔に、スプレーを吹きかけた。

10

午後十時。

とりあえず、バー〈鍵屋〉を出た。

村瀬正彦が、近くのパーキングロットから店の前へ、車を回して来る。

大杉良太はめぐみをせかして、後部座席に乗り込んだ。

村瀬に言う。

「池袋へもどってくれ。おれの事務所なら、安心して話ができるからな」

めぐみが、眉根を寄せる。

「わたし、東京駅に近いところで、おろしてもらうわ。あしたの朝一で、また会議があるのよ」

「事務所に泊まったらいいだろう」

「だって寝るとこ、ないじゃない」

「おれのベッドで、寝ればいい。おれは、ソファに寝るから」

めぐみは、おおげさに体を引いて、突拍子もない声を出した。

「いやよ、お父さんのベッドなんて」

「どうしてだ。新しいシーツもあるぞ」

たまに、倉木美希が泊まるときのために、用意してあるのだ。

「いや。とにかく、家に帰るわ」

「肝腎な話を、まだしてないじゃないか」

「だって、残間さんもつかまらないし、しょうがないわよ」

「話だけでも、聞かせてくれたらどうだ。そのために、電話をくれたんだろうが」

「それはそうだけど」

エンジンをかけ、黙ってやりとりを聞いていた村瀬が、割り込んでくる。

「めぐみさんは、どちらにお住まいですか」

突然聞かれて、めぐみはとまどったようだ。

「高円寺《こうえんじ》の方ですけど」

「話が終わったら、送って行きますよ。ぼくも、話を聞きたいし」

何も問題はない、というあっさりした口調だった。

「でも、遅くなったら、申し訳ないですから」

ますます、とまどったようだ。

「全然、かまいませんよ。住所を教えていただければ、ナビに入れときます」

めぐみがためらうのを見て、大杉は勝手に口を開いた。

「杉並区、高円寺北四丁目、四十六番の一だ」

村瀬は手早くそれを、ナビに登録した。

めぐみはにらんできたが、大杉は無視した。

高速道路を走りながら、村瀬は大杉と同じマンションに、両親と同居していることなどを、問わず語りにしゃべった。

「いつまでも、親のすねをかじっているわけにいかないし、そろそろ独立したいんですけどね。ただ、美術学校の講師なんて、稼ぎが悪いですから」

大杉は、村瀬が珍しく個人的な話をするので、ちょっと驚いた。

「でも、稼ぎがいいか悪いかなんて、二の次でしょう。それより、自分の好きなことをして生きる、という方が大切なんじゃないですか」

めぐみがそう返したので、大杉はますます驚いた。

二人とも、大杉があまり耳にしたことのない、まじめなやりとりをしている。

これは、ひょっとすると脈があるかもしれない、と思う。

そうなればいいと、内心ほのかな期待を抱いていたくせに、いざその気配が外に表われてくると、妙に不安になった。

「しかし、夜遅く送ってもらったりするのは、申し訳ないだろう。村瀬君だって、あしたまた授業があるんじゃないか」

大杉が言うと、村瀬はすぐに応じた。

「あしたは、午後からなんです。遅くとも、明け方までにもどって来れば、四時間は寝られますから」

「おいおい、そんなに長く話を聞くつもりはないぞ。そうだろう」

大杉がめぐみを見ると、めぐみは肩をすくめた。

「もちろん、そんなに長い話には、ならないわ」

一呼吸おいて、そのまま続ける。

「それじゃ遠慮なく、送っていただきます」

そう言ってのけたので、大杉はずっこけそうになった。

東池袋《ひがしいけぶくろ》で、高速道路をおりる。

遅くまであいている、テイクアウトの店で折り詰めの寿司《すし》を買い、西口のマンションにもどった。

村瀬が、車をパーキングタワーに入れているあいだに、大杉とめぐみは先に事務所に上がった。

固定電話にも、残間龍之輔から連絡がはいった形跡は、残っていなかった。

大杉は、胃のあたりが重くなるような、強い焦燥感に襲われた。めぐみも同じらしく、口数が少ない。

湯をわかして、お茶の用意をしているところへ、村瀬が上がって来た。

大杉はソファに腰を落ち着け、めぐみと村瀬はテーブルを挟んで、向かいの長椅子にすわった。

折り詰めを広げ、お茶を飲みながら、口をつける。

めぐみが、抑揚のない声で言った。

「でも、残間さん、どうしたのかしら。ちょっと心配だわ」

「よっぽど、忙しいんだろう」

そう応じたものの、大杉も不安にさいなまれていた。

いつもの残間なら、こちらが電話したことが分かれば、どんなに忙しくてもかならず、コールバックしてくる。そもそも、何の連絡もなしに約束をすっぽかすなど、これまで一度もなかったことだ。

それだけに、いやな予感が背筋にまとわりつく。

大杉は、携帯電話を取り出してテーブルに置き、いつでも応答できるようにした。めぐみも、それにならう。

「さて、と。残間とおれに相談、というのを聞こうじゃないか」

水を向けると、めぐみはお茶を一口飲んで、膝に両手をそろえた。

「これは、捜査上の極秘事項だから、わたしの独り言だと思って、聞いてください」

村瀬の手前もあってか、神妙な口調だった。

「それじゃこっちも、聞くともなしに聞くことにする。念のためだが、おれたちに相談することを、生活経済特捜隊の管理官は、知ってるのか」

生活経済特捜隊の担当管理官は、確か原田周平《はらだしゅうへい》という警視だった。

めぐみは、首を振った。

「上の許可は、とってないわ」

「すると、このことを知ってるのは、おまえの相棒の車田だけか」

「うん」

「どうして、一緒に来なかったんだ」

「自分は知らなかったことにするって。二人で何かしたら、共謀罪になるでしょう」

「一人だけ助かろうとは、けしからんやつだな」

大杉が鼻息を荒くすると、めぐみはちょっと困った顔になった。

「そうじゃないの。自分の管理不行き届きでしたって、責任を引き受けるつもりなのよ」

大杉は、せせら笑った。

「そんな甘口《あまくち》に、乗っちゃだめだ。話がうまく転がったら、自分一人の手柄にされちまうぞ」

めぐみも笑う。

「相変わらず、人を信用しないのね」

大杉は寿司をつまみ、お茶を飲んだ。

「ま、それはおいておこう。どういう話なんだ」

めぐみはまたお茶を飲み、おもむろに口を開いた。

「例の事件の前まで、武器輸出三原則というのがあって、その違反事件を追っていたでしょう、わたしたち」

「うん。それが、いつの間にか防衛装備移転三原則と、わけの分からん名前に変わっちまったよな。あれで規制が、だいぶ緩やかになったんだろう」

「まあ、そういうことね」

「そのとき、不思議に思った記憶があるんだが、あの方向転換についてどのマスコミも、事実を伝えるだけでほとんど反対しなかった、という印象がある。野党が、異議を申し立てたという記事も、読んだ覚えがない。おれの、見落としかもしれんが」

大杉の指摘に、めぐみはむずかしげな顔をした。

「それには、事情があるのよ。武器輸出三原則って、もともとが閣議決定で生まれたものので、国会の審議で決まったわけじゃないの。だから、いつでもまた閣議の決定だけで、変えられるわけ。もしあれが、武器輸出禁止法みたいな法律だったら、そう簡単に変えられなかった、と思うわ」

「そんな重要な問題を、閣議だけで決めていいのかね」

ノンポリの自分はともかく、反戦を掲げるマスコミがそれを問題視しなかった、というのは納得がいかない。

めぐみが続ける。

「防衛装備調達庁もできたし、着々と外堀が埋められていくわね」

「防衛装備調達庁は、昔あった防衛施設庁とは違うのか。いろいろ問題があって、廃止されたやつだが」

「施設庁は、おもに施設の取得や管理が中心で、任務が違うわ。装備調達庁は、武器の開発や収得、それに輸出入も引き受けるの」

大杉は、腕を組んだ。

「つまり、武器調達の専門省庁も組織されたし、売買取引も公然とできるようになった、というわけだ。もう、生活経済特捜隊が乗り出す余地は、ないんじゃないのか」

めぐみが、頬をふくらませる。

「そんなことないわ。規制がまったくなくなった、というわけじゃないもの。それに、今取りかかっているのは、防衛省などから研究資金が流れている、大学の研究室や民間の研究機関に、関連する事件なの」

11

大杉良太は、組んだ腕をほどいた。

「よく分からんな。防衛省が、なんだって大学や研究機関に、研究資金を出すんだ」

「もちろん、兵器開発に役立つ技術の研究を、促進するためよ」

めぐみに言われて、何か引っかかるものがあった。

ここ二、三カ月のあいだに、それと関連のありそうな新聞報道を、目にしたような気がする。

「いつだったか、東都ヘラルドにそんな記事が、出てなかったかな」

「出ていたわ。残間さんが書いた記事よ」

ようやく、記憶がよみがえった。

「思い出した。確か、軍事研究に手を貸す大学と、それを拒否する大学がある、とかいう記事だったな」

「ええ。表向きは、国家の安全保障に関わる技術研究だけど、軍事研究にも転用される恐れがあるとして、防衛省の助成金公募に応じない大学が多いの」

「ということは、応じる大学もあるってことだな」

「そう。大学は財政が厳しいし、国土防衛のための研究なら問題ない、という意見もあるから。防衛省は、けっこうな研究費予算を取っているし、大学としては喉から手が出そうになるのも、無理はないわ」

黙って聞いていた、村瀬正彦が口を開く。

「そのせいかどうか、日本学術会議が大学での軍事研究を控えるように、といった声明を出しましたよね」

めぐみは背筋を伸ばし、村瀬に目を向けた。

「そうなんです。防衛装備調達庁の、〈安全保障技術研究推進制度〉の予算増額に、学術会議が異議を唱えたわけです」

「どれくらい、予算を計上したんだ」

大杉が聞くと、めぐみはもったいぶった口調で、おもむろに応じた。

「初年度は、三億円だったわ。二年度が、六億円」

「一年で倍増か。しかし、たいした額じゃないな」

めぐみが、唇を引き締める。

「ところが、三年目の今年度は一挙に、百億円を超えたの」

大杉は驚いて、体を引いた。

「嘘だろう。一桁から、いきなり三桁なんて」

「それが、ほんとうなのよ。どこから、そんなお金が出るのか、と思うくらい」

めぐみの返事に、あきれて首を振る。

「百億となると、食いつきたくなる大学が出ても、不思議はないな」

「だから学術会議が、警鐘を鳴らしたわけよ」

また村瀬が、口を挟んできた。

「確か、学術会議は今回とは別に戦後二回、軍事目的の研究は行なわない、という方針を打ち出しましたよね」

「ええ。終戦後の一九五〇年と、六七年の二回です。今度もその流れ、とみていいでしょうね」

大杉は、二人のやりとりに割り込み、村瀬に質問した。

「どうしてきみは、そんなことに詳しいんだ」

村瀬は照れたように、軽く肩をすくめた。

「ちょっと、興味がありましてね。多少なりとも、芸術活動にたずさわっている人間は、基本的に戦争が嫌いなんですよ。自分の好きなことが、できなくなりますからね。まあ、ぼくが芸術家だとは言いませんけど、その周辺の仕事をしているから、そういう問題に敏感なんです」

なるほど、という気もする。

大杉は、めぐみに目をもどした。

「しかし、その学術会議とやらは単に、反対声明を出しただけだろう。それに従わない大学や、研究機関にペナルティを科す、なんて権限は持ってないよな」

「ええ。少なくとも、建前の上ではね」

「だとしたら、なおさら警察がそれを取り締まるのは、むずかしいんじゃないのか」

めぐみが、眉根を寄せる。

「ただ単に、資金の提供を受けるだけなら、警察も口を出せないわ。でも、その資金を使って開発した新技術が、結果として共産圏に流れるような事態になったら、ほうってはおけないでしょう」

大杉も、眉を寄せた。

「そういう動きがあるのか」

「それを、残間さんやお父さんに調べてもらおう、と思ったのよ」

めぐみはそう言って、お茶を飲み干した。

大杉は顎をなで、少し考えた。

「その手の仕事は、生活安全部じゃなくて公安部の外事課か、せいぜい公安調査庁の担当じゃないのか。おまえなんかの、出る幕じゃないだろう。まして、おれの手に負えるとは、思えないな」

「でも、スパイとか密輸とかじゃなくて、手続き上は正規の輸出を装いながら、結果的に共産圏へ禁輸品を流す、灰色のメーカーや商社があるとしたら、わたしたちの取り締まりの対象だわ。残間さんなら、きっと興味を持ってくれる、と思うの」

「おいおい。そんなものが、正規の輸出で共産圏へ送られるなんて、ありえないだろう」

「もちろん、直接じゃないの。ともかく不正輸出を、いかにも合法を装ってやるのは、密輸よりもたちが悪いでしょう。わたしたちの出番になっても、おかしくないわけよ」

大杉は腕を組んで、考え込んだ。

武器そのものはともかく、組み立てれば完成品になる個々の部品を、非共産国や紛争非当事国に分散して、輸出する。そのこと自体は、違法とはならない。

しかし、輸入した国が国交のある共産圏諸国や、紛争当事国に再輸出すれば、それらの国は各部品を組み立てて、武器に仕上げることができる。それは結果的に、日本がそうした禁輸対象諸国に、直接輸出するのと変わらないことになる。

その辺の事情は、以前残間からさんざん聞かされたので、ひととおり承知している。

めぐみによれば、前の事件で不正輸出を疑われた三京鋼材は、いかがわしい事業から手を引いてしまい、生活経済特捜隊は立件をあきらめた、という。

内部告発をした、総務部長の石島敏光は子会社の庶務課に、追いやられた。

三京鋼材の取引先、明鋼商事《めいこうしょうじ》の輸出管理室長だった坂東重行《ばんどうしげゆき》は、退社して家業の経営を引き継いだ、と聞いている。

そうした状況下で、ろくにほとぼりもさめぬうちに、同じことをやろうと考えるやからが、出てくるものか。ちょっと、信じられない。たとえ、防衛装備移転三原則と名前が変わっても、そこまで規制が緩くなったとは、思いたくない。

めぐみが、口を開く。

「今度の場合、三京鋼材のケースなんかと違って、ちょっとややこしいの」

「どんなふうに」

「資金提供の話の続きだけど、防衛装備調達庁以外にも、大学や研究機関に助成金を出そう、というところがあるのよ」

「軍事関連産業か」

「いいえ」

「右翼団体か」

「いいえ」

「まさか、北朝鮮じゃないだろうな」

めぐみは笑い、村瀬を見た。

「分かりますか。これも、新聞に載りましたけど」

村瀬が、事もなげにうなずく。

「ええ。残間さんの記事じゃないけど、読んだ覚えがあります。米軍でしょう」

虚をつかれる。

「そうです。父より、よっぽど詳しいですね、村瀬さんの方が」

めぐみに言われて、大杉はくさった。

「残間の記事じゃないとすると、見落としたんだろうな。米軍というと、陸軍か。それとも海軍か、空軍か」

「全部よ。国防総省」

めぐみの返事に、少したじろぐ。

「しかし、なんの関係もないアメリカが、日本の大学なんかにどうして、金を出すんだ」

「それは、日本の学者や技術者の能力を、高く評価しているからよ。もちろん日本だけじゃなくて、ほかの国の大学や研究機関にも、助成金を出しているけれど」

「どれくらいの額だ」

「防衛省筋に比べれば、たいした額じゃないわ。相手は、日本だけじゃないしね。年間で、一億円くらいよ」

「防衛省筋の、百分の一か」

「でも、米軍は研究内容にあまり口を出さないし、お金の遣い方にも注文をつけないわ。それに、研究者は研究成果を公開できるから、機密性がないの」

「防衛省筋は、どうなんだ」

「公募要綱には、原則として研究結果を公開できる、と書いてあるわ。ただ、いろいろと付帯条件がついていて、米軍より制限が多いの」

「どっちにしても、研究成果が公開されるんじゃ、極秘の軍事研究にならんだろう」

「研究成果を、どう軍事に転用できるかを考えるのは、研究者の仕事じゃないわ。米軍の中に、それを専門に考える組織が存在して、そこの人たちが考えるのよ」

大杉は、頬を搔いた。

「すると、研究者としては軍事技術の研究、開発をしているという罪悪感を、持たずにすむわけだな。殺人光線とか、自殺促進ガスとかの研究だと、気がとがめるだろうが」

めぐみが、あきれた顔をする。

「まあ、そういうことよね。だから、助成金を申請するのは、基礎研究が多いらしいの。ＡＩロボットとか、サイバー関連技術とか、軽くて強靱《きょうじん》な性質を持つ素材とか、高性能のレーダーとか強力照明機器、耐熱性や通電性が非常に高い新物質とか、民生用に役立つものがほとんどなの。でも、軍事にも転用できるものが、たくさんあるのよね。デュアルユースっていうんだけど」

「デュアルユース。どういう意味だ」

「もともとは民生用なのに、軍事にも転用できる技術のこと。両用とか、汎用という意味よ」

大杉は感心して、めぐみの顔を見た。

「その昔、不良少女だったおまえが、よくそこまで勉強したもんだ。正直、見直したよ」

12

「やめてよ、その話は」

めぐみは頰をふくらませて、ちらりと村瀬正彦を見た。

黙って、寿司を食べることに専念していた村瀬は、二人のやりとりにはあまり関心を示さず、別のことを言いだした。

「ちょっといいですか。大杉さんは、このところめぐみさんのことを、〈おまえ〉と呼んでますね。それって、どうなんでしょうか」

突然、場違いな話を持ち出されて、大杉良太は面食らった。

「いきなり、なんだ。おれは、めぐみが子供のころから、〈おまえ〉と呼んできたんだ。女房のことだって、そうだった」

応じながら、確かにあまり自慢できる話でもないと、今さらのように思い当たる。

「ぼくはやはり、〈めぐみ〉と名前で呼んであげた方がいい、と思います。〈おまえ〉だと、なんだかいつまでも、子供扱いしているみたいで」

村瀬が、そんなことを言いだすとは、考えてもみなかった。

　めぐみは、大杉のとまどいに気づいたらしく、村瀬を見て言った。

「わたしは別に、どっちでもいいんです。だいたい父は、自分が父親として優位に立っている、と感じているときは〈めぐみ〉で、受け身になってやや不利なときは〈おまえ〉と、使い分けてるんじゃないかしら」

　大杉は、ソファの背にもたれ直した。

「使い分けるほど、おれは器用じゃないがね」

　村瀬が、苦笑する。

「今どき、奥さんや娘さんを〈おまえ〉なんて呼ぶご主人は、いませんよ。ぼくが知るかぎりでは、一九五〇年代の日本映画までですね」

「おれは、自分がおやじに呼ばれたとおりに、娘を呼んできただけだがな」

「でも、前は〈めぐみ〉って、名前で呼んだことも、ありましたよね」

　そうだったような気もするが、意識したことがないので思い出せない。

「そもそも日本語は、一人称も二人称も代名詞が多すぎるんだ。英語なんか、アイとユーだけだろう」

　あえて、論点をそらす。

「そのわりに、日常的に使うのは〈わたし〉〈ぼく〉〈おれ〉くらいで、ほかはほとんど使いませんよね。ひとと話すとき、みんな相手を二人称なんかで呼ばずに、〈総理〉とか〈先生〉とか〈部長〉とか、〈山田さん〉とか〈村瀬君〉とか〈さっちゃん〉とか、肩書や名前で呼ぶでしょう」

「まあ、そう言われりゃ、そのとおりだな」

「ふだん、大杉さんがぼくのことを〈きみ〉と呼ぶのは、むしろ珍しいケースじゃないですか。ふつう、〈きみはどう思う〉じゃなくて、〈村瀬君はどう思う〉と言いますよね」

大杉は、苦笑した。

「なるほど。考えてみると、きみの、というか、村瀬君の、言うとおりだな」

「ぼくだって、大杉さんやめぐみさんのことを〈あなた〉なんて、呼んだことありませんよ。かならず、名前で呼んでます」

大杉は、ぬるくなったお茶を、飲み干した。

いつの間にか、話がそれてしまったことに気づいて、すわり直す。

「よし、分かった。呼び方談義もけっこうだが、肝腎の話にもどろうじゃないか」

強引に軌道修正を図ると、村瀬はばつが悪そうに頭を掻いた。

「おっと、そうでした。すみません、話の腰を折っちゃって」

めぐみが、われに返ったように背筋を伸ばし、口を開く。

「ええと、そう、米軍の話だったわね」

咳払いをして、あとを続けた。

「東京にO-S-R-A-D、オスラッドというアメリカ国防総省の、出先機関があるの。

ＯＳＲＡＤは、〈Office of Strategic Research and Development〉の略ね。日本語にすると、戦略研究開発事務局といったところかしら」

「何をする事務局だ。ＣＩＡの前身の、ＯＳＳ（戦略事務局）なら知ってるが」

大杉の問いに、めぐみは短髪を軽く後ろにはねた。

「正確には分からないけど、武器や周辺機器の技術開発を行なう、研究機関といわれているわ。そのＯＳＲＡＤが、研究助成金を必要とする大学や学会、研究機関を公募しているの。さっき言ったとおり、こちらは研究内容や研究結果を公表できるので、わりと気軽に応募できるわけ」

そう言って、お茶を飲もうとする。

しかし、湯飲みがからになっているのに気がつき、テーブルの急須に手を伸ばした。

大杉は、一息入れるためにソファを立ち、お茶をいれ直した。

めぐみは、湯飲みを両手で囲むようにして一口飲み、あらためて言った。

それも、からだった。

「そのＯＳＲＡＤに、ケント・ヒロタという日系人がいるの。肩書はテクニカル・アドバイザー、つまり技術顧問だから、正規の事務局員ではないと思うわ。中肉中背で、姿勢はいいけど髪が白くなっていて、けっこう年がいってるみたい。七十前後かな」

「そいつがどうした」

「この人が、これはと目をつけた大学や機関の研究者を、口説いて歩く専門のリクルーターなの。要するに、役に立ちそうな研究にたずさわる研究者たちを、ＯＳＲＡＤの助成金応募者に取り込む、仲介人というところね」

「すると、英語も日本語もぺらぺら、というわけか」

「そう。フランス語もできるらしいわ」

「ふうん。いかにもやり手、という感じだな」

「そのヒロタ顧問が、ＯＳＲＡＤのためにリクルートした研究者の中に、栄覧《えいらん》大学情報工学部のホシナシゲトミ、という教授がいるの」

めぐみは、卓上のメモ用紙とボールペンを引き寄せ、〈星名重富〉と書いた。

栄覧大学の名前は、大杉も耳にしたことがある。

開校して、まだ二十年そこそこの歴史の浅い大学だが、ここ数年情報工学の分野ですぐれた人材を輩出し、世間の耳目を集めている。

めぐみは続けた。

「星名教授は、日本でも最先端のＡＩ、つまり人工知能の権威の一人、といわれる研究者なの。そこへ、さらにもう一人」

そう言って、〈三省興発〉〈荒金武司〉と書き足す。

ボールペンを置き、大杉に目をもどした。

「星名教授は、この三省興発《さんせいこうはつ》という貿易商社の、荒金武司《あらかねたけし》という社長と接触があるの。この三人の動向が、なんとなくうさん臭いわけよ」

「どんなふうに」

「三省興発は、エルマニア、スピネチア、ゴランといった、アフリカの小さな新興国を相手に、貿易の仕事をしているの。その新興国の大半は、北朝鮮と国交があるのよ。北朝鮮から武器を購入したり、技術協力を仰いだりして、けっこう関係が深いの。北朝鮮以外では、ロシアと中国、南米のいくつかの国と、交易しているくらい。欧米諸国とはあまり取引がないわ。日本との取引も、三省興発のほか二、三の小さな商社を別にすれば、ほとんどゼロに等しいわ」

大杉は寿司をつまみ、お茶を飲んだ。

「三省興発は、なんでそんな新興国と、付き合いを始めたんだ」

「荒金社長は若いころ、エルマニアに行ったことがあるらしいの。そこで建国間もない新政府に、井戸を掘る技術を教えたのがきっかけ、と聞いたわ。それが、近隣の新興国の耳にもはいって、取引が始まったんですって。社長になったのは、十年くらい前」

大杉はまた腕を組み、ソファの背にもたれた。

なんとなく、頭の中に図式が浮かび上がる。

「星名教授は、三省興発の荒金社長を通じてなんらかの技術情報を、そうしたアフリカの新興諸国に、流している。そしてそこから、その情報が北朝鮮に転送されるように、仕組んでるんじゃないか。生活経済特捜隊は、そうにらんでるんだろう」

そう指摘すると、めぐみは口元に笑みを浮かべた。

「そのとおりよ」

「星名が流している情報には、ＯＳＲＡＤの助成金で研究中の最新技術も、含まれてるんじゃないか。むろん、ヒロタには内緒で」

めぐみは答えず、ただ眉をぴくりと動かす。

大杉は続けた。

「つまりＯＳＲＡＤは、大金を払って星名に研究させた技術情報を、知らずしらず北朝鮮に提供している、ということになるな」

めぐみは、満足げにうなずいた。

「お父さんもまだ、ぼけてないわね」

「あたりまえだ。なんといっても、おまえの、というかめぐみの、父親だからな」

図に乗って言うと、めぐみも村瀬も笑いだしたので、大杉も一緒に笑った。

真顔にもどって、めぐみが言う。

「でも、それを疑っているのは、まだ車田警部補とわたしだけなの。最初、ヒロタ顧問を調べているうちに、星名教授に行き着いた。星名教授を調べているうちに、今度は荒金社長にたどり着いた、というわけ。そして荒金社長は、とうに日本国籍を取得しているけれど、祖父の代からの在日朝鮮人なの。教授と社長の付き合いは、ヒロタ顧問が教授に接触するより、ずっと前からのことらしいわ」

「その、荒金という社長の祖父は、北朝鮮の出身なのか」

「もともとはソウルの出身だけど、北朝鮮に親戚がいるらしいわ。南北に分かれてから、北朝鮮に行ったことは一度もないみたい」

大杉は顎をなで、しばらく考えた。

「それでめぐみは、残間に何を相談するつもりなんだ」

意識して、〈おまえ〉と呼ぶのをやめる。

「防衛省の筋やOSRADが、日本の研究者に助成金を出すことについて、ヒロタ顧問と星名教授に取材してもらおう、と思ってるの」

「何を取材させるんだ」

「助成金の額とか、研究内容とかについて。それに、日本学術会議の声明をどんなふうに、受け止めているか。さらに、軍事につながる不透明な研究に、助成金を出すことの是非についても、聞いてもらうわ」

大杉は、首をひねった。

「研究の途中で、そんなことを新聞記者にしゃべったりは、しないだろう。いくら、情報公開すると言っても、あくまで建前だからな」

「それは、残間さんの腕次第でしょう。少なくとも、感触ぐらいは聞き出せると思うわ。たとえば、めどがつくまで記事にしないと、残間さんが約束すればしゃべるかも」

「それはどうかな。助成金問題については、大学も研究者も神経をとがらせてるからな。OSRADも、同じだろう」

「たぶんね。ましてマスコミから取材がはいったりしたら、かなり緊張するわよね。その場合、ヒロタ顧問も星名教授も善後策を講じるために、なんらかの動きを見せるんじゃないかしら」

大杉は、鷹揚《おうよう》にうなずいた。

「ははん、読めてきたぞ。おれに、星名教授とヒロタ顧問が取材を受けたあと、どんな反応を見せるか探ってほしい、というわけだろう」

めぐみは、年季のはいったセールスマンのように、にっと笑った。

「さすがは、元捜査一課のこわもて刑事ね」

大杉は鼻の下をこすり、なんとなく壁の時計を見た。

「しかし残間は、どうしたのかな。どちらにしても、あいつがつかまらないことには、話が始まらないよな」

13

ぱちぱちとまばたきして、うっすらと目を開く。

男は、少しのあいだそのままの姿勢でいたが、やおらベッドの上に起き直った。

すぐに、気分が悪そうに顔をしかめ、口元を手の甲でこする。あの、スプレー式の麻酔薬は意識がもどったあと、吐き気を覚えることが多いのだ。

男は部屋の中を見回して、不機嫌そうに唇を引き締めた。

やおら、身に着けたままのトレンチコートの、ポケットを探る。

中身がないと分かると、ベッドからおりて立ち上がり、ジャケットやスラックスの内側に、手を入れた。

それでようやく、所持品を全部取り上げられたことを、悟ったらしい。

もう一度、今度は丹念に部屋の中を、見て回る。

ベッドの脇のテーブルに、ティッシュペーパーの箱と水のペットボトル、携帯用のパソコン。小さな丸椅子。

パソコンには電源がはいり、何も打ち込まれていないワードの画面が、見えている。

周囲はコンクリート打ち放しの壁で、出入り口の鉄製のドアと、洗面所につながる木のドアが、一つずつある。窓はない。

こちら側の壁に、五十センチ四方の鏡がはめ込まれている。

男はベッドの裾を回り、鏡に自分の顔を映した。不精髭が、伸びている。口を、あけたり閉じたりする。

鏡は、こちら側からは素通しのガラスで、男の動きがすべて見える。ほどなく、男にもそれが分かるだろうが、今はただの鏡と思っているようだ。

マイクのスイッチを入れ、男に話しかける。

「よく眠れたかね」

男はぎくりとして、天井を見上げた。フェルトでおおわれた天井に、小型のスピーカーが埋め込まれているが、外側からは見えない。

男は、少しのあいだきょろきょろしていたが、さっそく仕掛けが分かったとみえて、鏡の方を向いた。

「ここはどこだ。これは、なんのまねだ」

なかなか、頭の働きのいい男だ。

男の声は、部屋のあちこちに仕込まれた隠しマイクから、こちらのスピーカーへ鮮明に流れてくる。

尊大な口調で、応じてやった。

「そんな質問に、答えると思っているのかね。おまえは、こちらの言うことをおとなしく聞いて、言われたとおりにすればいいのだ」

男は鏡を見つめたまま、そろそろとベッドに腰を下ろした。

「あんたは、おれに電話をよこした女か」

つい、笑ってしまう。

「これが、女の声に聞こえるかね」

男は喉を動かしたが、何も言わなかった。

「スプレーをかけられたとき、あんたはちらりとでも相手のことを、見たはずだ。覚えていないのかね」

記憶をたどるように、男の視線が宙を泳ぐ。

「サングラスをかけた、女だった。もしかすると、男だったかもしれない。よく覚えていない」

こちらの声は、かなり古い電子技術とはいえ、一応音質を変換してある。したがって、耳障りな金属性の声にしか、聞こえないはずだ。男女の区別も、つかないだろう。

男は、両手で顔をこすり、力のない口調で言った。

「なんで、こんなやり方をするんだ。どこかへ呼び出して、穏やかに話し合うことも、できたはずだぞ」

「穏やかな話にはならない、と思ったものでね」

少し、間があく。

「おれに、何の用だ。言いたいことがあるなら、さっさと言ってくれ」

答えるのに、一呼吸おいた。

「あんたに、大スクープ記事を書いてもらいたいのさ」

男はまた、喉を動かした。

「電話で言っていた、特ダネの話か」

「そうだ」

「それなら、こんなことをする必要は、ないじゃないか。麻酔薬をスプレーして、あやしげなところへ連れ込まなくても、記事を書くことはできるんだ」

「そうかな。あんたも、電話で言っただろう。たとえ記事を書いても、紙面に載るかどうかは上の判断次第だ、とな。そんな、あいまいな返事では困るんだよ、こちらとしては。かならず、紙面に掲載させるためには、それなりの人質が必要だろう」

男が頬を引き締め、鏡の中をにらみつけてくる。むろん、視線は微妙にずれている。

「その人質がおれ、というわけか」

「そう、記事を書くご当人のあんたが、人質だ。あんたは、例のカセットテープを参考にして、書きたいことを書きたいだけ書く。それを、東都ヘラルド新聞の社会部長に、送りつけるのさ。三日以内に、一行も削らずに紙面に載せなければ、自分の命はなくなるという、メッセージつきでな」

男は、口元をぬぐった。

「うちの社は、そんな威《おど》しに乗らないぞ。まして、実際におれが書いたという証拠もなしに、記事を載せるものか」

「記事は、パソコンで書いてもらうが、メッセージは筆跡が分かるように、手書きで書くんだ。それを手にした写真を撮って、記事に同封するのさ。もしかすると、切り取ったあんたの小指もな」

男は、ぎくりとした様子で、拳を握り締めた。

また、笑ってしまう。

「冗談冗談、ただの冗談だよ。まあ、こっちの言うことを聞かないと言うなら、小指だけではすまなくなるだろうがね」

男が、ふたたび口を開くまでに、かなり時間がかかった。

「記事が掲載されないと、おれはほんとうに殺されるのか」

「そうだ。田丸清明や、茂田井滋のようにな」

二人の名前を出すと、男の目にちらりとおびえの色が走る。

「書いても書かなくても、結局は殺されるんだろう。それなら、最初から何もしないで殺される方が、めんどうがなくてよさそうだ」

いかにも強気の発言だが、こちらの出方をうかがっているだけだ。

「言うとおりにすれば、死なずにすむかもしれないぞ。いや、むしろその可能性の方が、高いだろう。会社が、そう簡単に社員を見殺しにするとは、思えないからな」

「それは、疑問だな。確たる証拠もなしに、現政権の幹部を糾弾する記事を載せるのは、新聞社にとって命取りになるからな」

「カセットテープという、りっぱな証拠があるじゃないか。しかも、こちらは複数の記録メディアに、コピーをとってある。ばらまくのは、簡単だ。大杉良太や倉木美希も、隠し録《ど》りされた会話が本物だということを、喜んで証言するだろう」

それを聞くと、男の顔から目に見えるほど急激に、血の気が引いた。

「あの二人を巻き込むのは、やめてくれ」

「こちらは、記事さえ掲載されれば、それでいい。そのあとで、二人の証言が出ようと出まいと、関係ない。たぶん、二人とも自分から進んで、証言するだろうがね」

「記事は載らないよ。つまり、おれは死ぬということさ。それなら、このまま死んだ方がましだ」

あくまで強がりだろうが、頑固にそう言い張る。

「記事は載るさ。新聞が社員の命より、政治家の政治生命をだいじにするようでは、メディアの自殺も同然だからな」

男は天井を仰ぎ、鏡を見ずに言った。

「あんたは、三重島茂の命令で田丸を殺し、さらに茂田井まで始末したんだろう。それなのに、なんで今度は三重島の秘密を暴いて、失脚させようとするんだ。もし、あんたが弓削まほろなら、自分の愛人を裏切ることになるじゃないか。二人が、知る人ぞ知る深い関係だということは、おれだって承知している」

気を持たせるために、また少し間をおく。

「例の事件のころ、倉木美希は弓削まほろのことを、洲走かりほの妹のまほろだ、と思い込んでいたようだな」

洲走かりほの名を聞くと、男はすぐさま天井から目をもどし、鏡の中をのぞき込んできた。

声を抑えて言う。

「ほんとうは違う、とでも言いたいのか」

「そのとおりさ。弓削まほろの〈まほろ〉は、本名じゃない。実の名は〈ひかる〉、弓削ひかるというんだ。三重島が、向島の芸者に産ませた、実の娘さ」

男が、目をむく。

「実の娘。ほんとうか」

「ほんとうだ。三重島は、弓削ひかるが隠し子であることを隠すために、まほろと名を変えさせた。さらに念を入れて、愛人だと思わせるように、それらしく振る舞ったんだ」

男の喉が、音もなく動く。

「実際のまほろは、どこにいるんだ」

「三重島の実の愛人として、弓削ひかるの下で働いていたのさ。山口タキ、の名前でね」

男は、呆然として口を半開きにし、右手の甲でひたいをこすった。

「待ってくれ。それがほんとうなら、洲走まほろは姉のかりほを使い捨てた、当の三重島のために働いていた、ということになる。おかしいじゃないか。突き詰めれば、三重島は姉のかたきに当たる、憎い男のはずだ」

これには、笑ってしまう。

「頭が固いな、新聞記者というのは。洲走まほろは、そんなちまちましたことなんか、考えていないよ。警察や政界を、もっといえば世間を混乱させるためなら、敵の手助けをすることもあるし、味方を始末することもいとわないのさ。他人が、こうであろうと考えるようには、決して動かないよ」

男のひたいに、汗の粒が浮かんでいる。

「そういうあんたは、いったいだれなんだ。弓削ひかるか、洲走まほろか。それとも、だれか別の人間なのか」

「ない知恵を絞って、さんざん悩むがいいさ。それより、おしゃべりに時間をかけすぎたようだ。あんたには、どうでも記事を書いてもらうぞ。あんたも、これから先のことを見届けなければ、死ぬにも死ねないだろう」

男は下を向き、両手を広げて顔をおおった。

しばらく、そのままにしていたが、やがてのろのろと手を下げる。

あらためて、鏡に目を向けてきた。

「記事を書くには、あのテープがいる。コピーでもいいから、聞かせてもらいたい」

当然の要求だ。

「あんたの左手に、木のドアがあるだろう。中はシャワールーム、洗面所と、トイレになっている。洗面台の棚に、小さなＩＣレコーダーが置いてある。用を足すついでに、それを取って来い」

それを聞くなり、男は飛び立つようにベッドを離れ、ドアに向かった。

一分後、水の流れる音がしてドアが開き、男がもどって来た。その手に、ＩＣレコーダーが握られている。

男は、トレンチコートを脱ぎ捨てて、丸椅子にすわった。パソコンの載ったテーブルに向かい、ICレコーダーをいじり回す。

すぐに使い方が分かったのか、じじじというかすかな雑音とともに、声が流れ出した。

「だれの指示だって言うの」（洲走かりほ）

「もちろん、あなたよ。そしてあなたも追い詰められれば、背後に朱鷺村警視正がいることを、しゃべるに違いないわ。さらに警視正も、この陰謀の陰に民政党の三重島茂がいることを、白状せざるをえないでしょう」（倉木美希）

わずかな間。

「三重島が、何をたくらんでいるかは、およそ見当がつきます。歴代の民政党の幹部は、みんな警察権力を私物化しようとして、醜い陰謀を巡らしてきました。そのために、どれだけたくさんの人たちの命が失われたか、考えるだけでもぞっとするわ。あなたたちは、うだつの上がらないノンキャリアの刑事を手なずけ、ノスリなどというばかげたコードネームをつけて、いいように利用したのよ……」（倉木美希）

「おしゃべりな人ね、あなたって。しゃべりすぎて、命を短くした人もいるのよ」

（洲走かりほ）

「小野川《おのがわ》、工藤《くどう》のほかに何人ノスリがいるか知らないけれど、ここがそのノスリの巣

なのよ。洲走警部、あなたがその母鳥だとすれば、さしずめ朱鷺村警視正は父鳥、ということになるわね」（倉木美希）
「それがきみの言う根拠なら、まるで日なたの雪だるまだね。だれが何をしゃべろうと、物証がなければすぐにかき消えてしまう。ノスリがどうのこうのと、お笑いぐさにすぎないよ」（朱鷺村琢磨）

§

「待てよ、きみたち。この二人は、今まで始末してきた暴力団員なんかと、わけが違うんだ。現職の警察官と、警察ＯＢだぞ。あっさり始末して、ただですむと思っているのか」（朱鷺村琢磨）
「始末する以外に、口をふさぐ方法はないわ。これまでこの二人が、どんなふうに民政党のお偉方と戦ってきたか、知らないわけじゃないでしょう。生かしておいたら、あなたはもちろん幹事長の三重島だって、無事ではすまないのよ」（洲走かりほ）
「幹事長の名前は出すな」（朱鷺村琢磨）
「やはり、黒幕は三重島茂か……」（大杉良太）

§

「聞くんだ、大杉さん。どの官公庁にも、その組織を統括する所管大臣がいるのに、警察だけはだれもいない。トップの警察庁長官は、むろん大臣ではない。国家公安委員長も同じだ。国務大臣が兼任することはあっても、直接警察組織に対して責任を引

き受けるものではない。もう一度言うぞ。警察という組織には、所管大臣がいないんだ。不思議だと思わないか」（朱鷺村琢磨）
「分かってるよ。民政党はいつもその弱点をついて、警察組織を取り込もうとする。これまでにも、警察から公安部門を独立分離させて、公安省や治安省を新設しようともくろむやつがいた。なるほど、所管大臣がいないことには問題があるかもしれんが、逆にいない方がいい面もある。たとえば三重島が、自分の息のかかったとんでもない大馬鹿野郎、つまりあんたみたいな男を警察大臣に据えたりしたら、どんなことになると思うかね」（大杉良太）

§

「黙れ。さっきも言ったが、この二人を殺せばただではすまんぞ。彼らだって、好んで死にたくはないだろう。まだ、話し合う余地があるはずだ」（朱鷺村琢磨）
「余地なんか、あるものですか。何度でも言うけど、この二人を懐柔するのは三重島を総理大臣に据えるより、はるかにむずかしいのよ……」（洲走かりほ）

§

「残間。おれの声が聞こえたら、クラクションを二度短く、一度長く鳴らすんだ。鳴らしたら、すぐに警察に通報しろ。こっちは、六〇三号室だ」（大杉良太）
遠いところから、クラクションの音が二度短く、一度長く鳴らされる。
「東都ヘラルドの記者が、この建物の外の通りでＦＭ受信機を使って、おれたちのや

りとりを逐一録音してるんだ。もう逃げようがないぞ。あきらめろ」（大杉良太）

最後に、どこかに仕込まれた隠しマイクが、床に叩きつけられるか何かしたらしく、それきり音が途切れる。

かつて、自分が盗聴した激しいやりとりを、身じろぎもせずに聞いていた男は、ようやく背筋を伸ばして、ため息をついた。

少しのあいだ、呆然とした様子ですわったまま、肩で息をしている。

「どうだね。久しぶりに、古い録音を聞いた感想は」

14

男は、少しのあいだじっとしたまま、返事をせずにいた。

それから、おもむろに言う。

「なつかしいテープだな。これを、盗聴したときのことを、思い出した」

「それはよかった。原稿を書く気になったかね」

男は、丸椅子の上で体を回し、鏡の方を向いた。

「こんなものは、三重島を糾弾するなんの証拠にも、ならないね。朱鷺村琢磨も洲走かりほも、このやりとりのあと死んでしまったからな。そもそも、二人の声だと証明することすら、むずかしいんじゃないか。だれかが、確かに二人の声だと証言しても、裁判では採用されないだろう。死んだ人間の、声紋分析はできないからな」

「しかし、あんたはその声が本人たちのものだ、ということを知っている。違うか」

男は首を振った。

「だとしても、そんな伝聞証拠と情況証拠だけでは、新聞に載せられる記事なんか、書けないね。その辺の、赤新聞じゃあるまいし」

「載せるかどうか決めるのは、あんたじゃなくて社会部長の仕事さ。それも、中身が問題ではない。載せなければ、あんたが死ぬことになる。そうと分かれば、載せざるをえないだろう。社会部長は、あんたを見捨てるわけにいかないのさ。たとえ警察に相談しても、同じことだ。相手が、警視総監だろうと警察庁長官だろうと、記事を載せるなと指示したあげく、あんたが死ぬことになったら、責任問題だからな」

男がしぶとく、また首を振る。

「こんな、一貫性のない断片的な会話を再現しても、なんの説得力もないぞ」

「そんなことは、分かってるよ。それに説得力を持たせるのが、あんたの新聞記者としての、腕だろう。〈百舌事件〉に対する、これまでのあんたの関わり方をみれば、頭の中にあり余るほどのネタが、詰まっているはずだ。それをもとに、一読して社会部長がうなるような記事を、書いてみたらどうだ」

記者のプライドを、くすぐってやった。

男は下を向き、いっときひたいをこすりながら、考え込んだ。

やがて顔を上げ、あまり気の進まない様子で、口を開く。

「おれが昔、〈百舌〉について書いた原稿が、残っている。当時の東都ヘラルドの社会部長、田丸清明に書けとけしかけられて、書いた原稿だ」

初めて聞く話に、少し驚く。

しかし、嘘かほんとうか、すぐには判断がつかない。

「その記事は、何年何月何日の紙面に、載ったんだ」

質問すると、男は一瞬自嘲めいた笑みを、口元に浮かべた。

「載らなかった。田丸が、ボツにしたのさ。田丸ははなから、紙面に載せる気なんか、なかったんだ。当時、民政党の幹事長だった馬渡久平の指示で、〈百舌事件〉の裏にひそむ真実がどの程度、おれたちに知られているかを探るために、書かせたというわけさ」

「おれたちというのは、あんたや大杉良太や、倉木美希のことか」

「そうだ。ただし原稿には、情報を提供してくれたその二人の名前を、出さなかった。出せば、迷惑がかかる、というより命に関わる恐れも、あったからな。そのせいで、結局は情況証拠だけしか使えずに、インパクトのない原稿になった。あの原稿では、かりに田丸がボツにしなかったとしても、編集局長レベルでだめを出されただろうね」

男の口元が、また薄笑いにゆがむ。

それを見て、ある種の気持ちの変化を、感じとった。

「何か、言いたいことが、ありそうだな」

男は笑みを消し、唇を引き結んだ。

「そんなおそまつな原稿でも、このテープと組み合わせて構成すれば、説得力が出るかもしれない、と思っただけさ」

にわかに、前向きの発言が出る。

「その原稿が手元にあれば、いい記事を書けるというのか」

聞き返すと、男はしぶしぶのように、うなずいた。

「もともと、おれはその原稿をもとに、田丸が退職後編集長をしていた〈ザ・マン〉に、暴露記事を書く予定だった。あんたが、田丸を殺しさえしなければ、おれは匿名にせよ〈百舌〉の事件を、とうに書いていたんだ。それを今さら、当のあんたから同じ記事を書け、と命令されるとはな。あんたもずいぶん、遠回りをしたものさ」

あざけるような口ぶりに、つい苦笑してしまう。

考えてみれば、男が言うとおりかもしれない。

しかし、そのころと今とでは状況が違うし、まだ遅くはないのだ。

「そのボツ原稿は、今どうなっているのかね」

「印刷したものはないが、フロッピにはいっていたデータを、ＵＳＢメモリに保存してある」

「そのＵＳＢメモリは、どこにあるんだ。会社か」

「いや。会社には、置いてない。自宅だ」

「自宅。テラサ蓮根《はすね》か」

男が、ぎくりとした面持ちで、鏡を見返す。

「知ってるのか」

「とうの昔に、調べたさ」

男は首を振り、あきれたというしぐさをした。

手元に置いた、男の所持品の中からキーホルダーを、取り上げる。

「あんたのキーホルダーが、ここにある。三本のうち、どれがマンションの鍵だ」

男の口から、ため息が漏れる。

「いちばん大きいやつだ。ロビーのドアも、それであくよ」

あきらめたような口ぶりだった。

というより、自分でもあらためてその原稿を記事にしたい、という気になったようだ。

おもしろいことになった。

さっそく、そのＵＳＢメモリを回収してこよう。

＊

「大杉さんですか」

突然横から声をかけられて、大杉良太は考えごとからわれに返り、あわてて肘掛けをつかんだ。

すぐ脇に、紺のスーツに銀ねず色のネクタイをした、小柄な男が立っていた。

大杉はすわり直し、男の顔を見上げた。

くしゃくしゃの髪を、なんとネクタイと同じような色に染めた、三十前後の男だ。

「そうです。平庭さんですか」

とりあえず、ていねいな口調で聞き返すと、男は見かけによらぬ律義なしぐさで、頭を下げた。

「東都ヘラルドの、平庭次郎です。よろしくお願いします」

そう挨拶して、平庭次郎は大杉の斜め向かいにすわる、倉木美希にも同じように頭を下げた。

大杉は言った。

「そちらは、警察庁の特別監察官の、倉木美希警視です。現在は、別のところに出向しているけれども、わたしと同じく残間君とは古いなじみでね」

「倉木です。よろしく」

美希がすわったまま、平庭に軽く頭を下げる。おなじみの、襟の広い白のブラウスに紺のスカート、薄手のベージュのコートという装いだ。

平庭は、美希の肩書にたじろぐ様子もなく、臆せず二人を見比べた。

「残間さんから、お二人にはいつもお世話になっている、とよく聞かされています。わたしのことも、残間さん同様よろしくお願いします」

同じ会社だからか、電話では残間と呼び捨てにしていたが、今はさんづけで呼んだ。

「こちらこそ。どうぞ、おすわりになって」

美希に促され、平庭は示された椅子にすわった。

平庭は、携帯電話で話したときと同じで、いくらかかすれた声の持ち主だった。見た目は、今風の腰の軽そうな格好をしているが、口ぶりはしっかりした印象だ。

ピラニア、というこの男のあだ名は、名字の平庭に由来するのだろうが、そのしつこい取材ぶりからきたのだ、と残間龍之輔は言っていた。

その朝の十時過ぎ。

いろいろ考えたあげく、大杉は平庭の携帯電話に連絡した。

消息を絶った残間の件も含めて、いろいろと力を借りたいことがある。時間を作ってもらえないか、と申し入れたのだった。

平庭の方も、ぜひ一度大杉に会いたかったと応じて、話はすぐにまとまった。

その結果、午後一時半にここ恵比寿《えびす》ガーデンプレイスの、オープンカフェで落ち合うことになったのだ。

大杉は、すぐに美希の携帯電話にメールを送り、午後から外出する時間があるか、と打診した。

折り返し、午後は公共安全局の局内会議がないので、いつでも外へ出られると返信がきた。

そこで、人に聞かれない場所から電話をくれ、とまたメールを送った。十分後に、庁舎の外へ出た美希から、電話がかかってきた。

昨夜から残間と、連絡がとれなくなった事情を手短に説明し、後輩の平庭という社会部の記者と、会うことになったいきさつを伝えた。

その上で、一緒に平庭と会ってみないか、と持ちかけた。

むろん美希に否やはなく、こうして恵比寿まで出向いて来た、という次第だった。

レンガ敷きのテラスは、昼どきのピークを過ぎたのと肌寒いのとで、人の姿はさほど多くない。視野が開けているため、かりにだれかがそばにやって来れば、すぐに分かる。密談するには、もってこいの場所だった。

ウエーターが、大杉と美希のコーヒーを、運んで来た。平庭も、同じものを頼む。

平庭は、さっそく口火を切った。

「相変わらず残間さんから、社の方にもわたしのケータイにも、まったく連絡がないんですよ。大杉さんの方は、いかがですか」

それを聞いて、大杉はため息をついた。

「やはりそうか。こちらも同じく、なしのつぶてでね」

「もちろんわたしの方にも、なんの連絡もありません」

美希が付け加えると、平庭はさすがに気落ちした様子で、椅子の背にもたれかかった。

「いったい、どうしたんですかね。編集委員室で聞いたところによると、残間さんはゆうべ七時半前に部屋を出て、それきりもどらなかったというんです」

「電話でちらっと話したと思うが、おれはゆうべ八時に京橋の〈鍵屋〉というバーで、残間と会うことになっていた。残間は、それに間に合うように、社を出たんだろう」

残間の後輩だという意識から、つい平庭にもため口をきいてしまう。

美希は、何も言わずにいた。

昨夜のいきさつは、平庭が来るのを待つあいだに、美希にもざっと話してある。

平庭は言った。

「すると、社を出て京橋へ行くまでのあいだに、残間さんの側に何か不都合が起きた、ということですね」

「そういうことになるな」

平庭は不安そうに、ため息をついた。

「残間さんに関するかぎり、こういうことは今まで一度も、ありませんでした。それだけに、すごく心配なんです」

「それは、こっちも同じだ。ところで、残間の自宅とか実家の方には、連絡してみましたか」

一応、ていねいに聞いてみる。

「自宅は、板橋《いたばし》区蓮根のマンションですが、固定電話にも応答がないんです。千葉《ちば》市の実家には、まだ連絡していません。ご両親を、変に心配させたくないですし」

「その、蓮根のマンションの方には、行ってみたのか」

また、ため口にもどってしまった。

「いえ、まだです。管理会社に頼めば、部屋を調べさせてもらえると思いますが、今のところ手をつけていません。あまり、おおごとにはしたくないので」

平庭は言いさし、ちょうど運ばれて来たコーヒーに、口をつけた。

「しかし、連絡がとれなくなってから、少なくとも十八時間はたっている。警察に届けることも、考えるべきじゃないかな」

大杉が言うと、平庭は眉を寄せた。

「社の、編集局長レベルの判断では、一応二十四時間、つまり今夜八時までは様子を見よう、ということになっています」

美希が、テーブルに体を乗り出す。

「それで連絡がとれなければ、どうするつもりなんですか」

詰問口調だったが、平庭は表情を変えなかった。

「社としては、それまでに今後どうするかを決めよう、ということじゃないですか」

ひとごとのような口ぶりに、平庭自身も社の判断に不満のある様子が、見てとれた。

美希が、大杉をちらりと見てから、上体を引いて言う。

「これから一緒に、残間さんのマンションに行ってみる、というのはどうかしら」

その、美希らしい単純明快な提案に、大杉は平庭の様子をうかがった。

平庭が、ちょっと顎を引く。

「いきなり、ですか」

大杉は、口を開いた。

「悪くない考えだろう。のんびりしている場合じゃないからね。蓮根の、なんというマンションかな」

考えてみれば、残間とは長い付き合いなのに、住まいを聞いた覚えがない。

平庭は、少しのあいだ考えていたが、やがて肚《はら》を決めたように応じた。

「テラサ蓮根、というマンションです。かよいの管理人しかいない、小ぶりのマンションで、二度か三度おじゃましたことがあります」

大杉は腕を組み、考えを巡らした。

「かよいの管理人となると、合鍵は管理人室に置いてないな。管理会社が、マスターキーを保管してるんだろう」

「そうですね。この時間なら、管理人はまだマンションに、詰めているはずです。電話して、管理会社の担当者を、聞いてみましょう」

番号を承知しているらしく、平庭は携帯電話を取り上げた。

首尾よく、管理人からテラサ蓮根の管理会社の、担当者の名前と電話番号を、聞き出すことに成功した。

15

午後四時半。

大杉良太と倉木美希、平庭次郎の三人は、地下鉄三田線蓮根駅から徒歩十分ほどの、テラサ蓮根に着いた。

そこそこに、築年数のたったと思われる五階建ての、小型のマンションだった。

平庭が、玄関ホールのパネルを操作して、管理人室を呼び出す。

ホールで待っていると、作業衣姿の管理人と一緒に恰幅《かっぷく》のいい、四十がらみの男が出て来た。

インナードアが開くのを待って、三人は中のロビーにはいった。

平庭が、きびきびした口調で言う。

「先ほどお電話した、東都ヘラルドの平庭です。お呼び立てして、すみません」

男は鷹揚に、うなずいた。

「どうも。城北《じょうほく》ビル管理の、小野崎《おのざき》です」

先刻、平庭が電話でアポイントを取った、このマンションの管理担当者だ。

二人は、名刺を交換した。

大杉は美希とともに、無言で平庭の背後に控えていた。小野崎と名乗った男も、ちらりと目を向けただけで、二人を無視した。

平庭があらためて、残間龍之輔と連絡がとれない状況を伝え、部屋をチェックさせてほしい、と申し入れる。

「その件ですが」

小野崎、と名乗った男は眉根を寄せて、その要望には配偶者か同居家族、ないし直近の親族の了承がないかぎり、応じられないと答えた。

確かに建前は、そうなっているのだろう。

平庭は、残間が同じ新聞社の先輩であることを強調し、協力してほしいとねばった。

しかし、小野崎はあくまで管理規約を盾に取って、オーケーを出さない。

大杉は業を煮やして、二人のあいだに割り込んだ。

こわもての口調で、すぐにも残間の所在を突きとめなければ、重大事件に進展する可能性がある、と小野崎を恫喝《どうかつ》する。

それでも、小野崎は相変わらず言を左右にして、なかなかうんと言わない。

その頑固さに根負けして、大杉は美希に目で合図した。

美希が、やむをえないという様子で、原籍の身分証明書を取り出す。

それを、小野崎の鼻先に突きつけて、警察官が立ち会えば文句はあるまい、と言外に圧力をかけた。

さすがにそれが効いたのか、小野崎は少しのあいだ管理人を相手に、わざとらしくひそひそ話をした。

それから、いかにもしかたがないという感じで、会社から持参したマスターキーを、平庭に引き渡した。

残間の部屋は、日当たりのいい南東の角の四〇六号室で、独身ならば十分な広さの2LDKだった。

調度品は、ホームセンターで買ったような、ごくありふれたものばかりで、あまり金をかけていない。ただ、独身の男にしては意外なほど、きれいに整頓された部屋だった。

小型の冷蔵庫には、なまものはいっさいはいっておらず、外食が多いことを物語っていた。

寝室に、幅八十センチほどのライティングデスクが、置いてあった。その上に、パソコンが載っている。

平庭が電源を入れ、いろいろとパスワードを試してみたが、結局初期画面を開くことが、できなかった。

デスクの、いちばん上の引き出しの一つが、きちんと閉じきっておらず、一センチほど開いている。

平庭が、取っ手にハンカチを当てて、引き出しをあけた。

はさみやホッチキス、カッター、ボールペン、それにメモ用紙などが、きちんと仕分けされた状態で、収まっていた。どちらにせよ、だれかが何かを持ち去ったとしても、本人以外には分からないだろう。

大杉は、パソコンの横のデスクの表面に、窓から差し込む外光が当たるのを見て、動きを止めた。体を斜めに傾け、そこをすかして見る。

表面に薄くたまった、ほこりの一部が小さな長方形に切り取られ、茶色の木の地肌がくっきりと、現われていた。縦六センチ、横十センチほどの、小さな跡だ。

大杉は、二人に声をかけた。

「そのデスクの表面を、窓の光にすかして見ろ」

二人がかわるがわる、言われたとおりにする。

平庭は、大杉を見返った。

「薄く積もったほこりの一部に、四角い跡が残ってますね。少し前まで、何か置いてあったみたいな」

続いて美希も、口を開く。

「そうね。大きさや形からして、名刺がはいっていたプラスチックの、から箱の跡じゃないかしら。わたしもよく、ダブルクリップとか輪ゴムを入れる、小物入れに使うわ」

それを聞いて、平庭は人差し指を立てた。

「確かに。場所がパソコンのそばですから、もしかするとＵＳＢメモリやメモリカードを、入れてたんじゃないかな」

大杉はうなずいた。

「だとすれば、残間はそのどれかが必要になって、箱ごと持ち出したんだ」

すかさず、美希が言う。

「残間さんとは、限らないでしょう」

大杉もすぐに、その意味を悟った。

「そうだな。確かに、だれかが残間からキーを取り上げて、ここへやって来た可能性もある」

平庭が、首をかしげて言う。

「それなら、残間さんが連絡してこられないのも、当然のような気がしますね」

美希がうなずく。

「そうね。たとえ残間さんだとしても、自分の意志で持ち出したとは、考えられないわ」

少しのあいだ、沈黙が漂う。

引き続き、サイドボードや洋服ダンスを調べてみたが、格別変わった様子はなかった。

ひとしきり見て回ったあと、大杉はあきらめて言った。

「手がかりは、何もなさそうだな。引き上げるか」

リビングを出ようとしたとき、平庭の携帯電話が鳴りだした。

はっとして、三人とも足を止める。

大杉と美希は顔を見合わせ、そろって平庭に目を移した。

電話に出た平庭の頬が、にわかに引き締まる。

大杉は、とっさに残間からではないかと思い、もう一度美希を見た。美希も、同じ期待を抱いたらしく、目をきらりと光らせる。

しかしすぐに、緊張した面持ちでやりとりする平庭の様子から、残間相手ではないことが知れた。

しばらく平庭は、相手の言うことに耳を傾けていたが、やがて小さくうなずいた。

「分かりました。すぐに、社へ上がります」

そう言って、通話を切る。

「だれからだ」

大杉の性急な問いに、平庭は硬い表情のままで応じた。

「佐々木《さ さ き》部長からです」

「佐々木部長」

「ええ。社会部の部長の、佐々木です」

「その佐々木部長が、どうしたって」

大杉が聞くと、平庭は軽く眉根を寄せた。

「少し前に、残間さんから直接部長に、電話があったそうです」

驚いて、顔を見直す。

「直接部長に、だと」

「ええ。残間さんから、いきなり佐々木部長のデスクの、直通電話にかかってきた、と。外部には、公表してない番号です」

大杉は、にわかにむっとして、拳を手のひらに叩きつける。

「残間のやつ、おれたちじゃなくて社会部長に連絡するとは、いったいどういう料簡《りょうけん》だ」

美希は手を上げ、それを制した。

「会社勤めなら、まず社の上司に連絡するのが、ふつうでしょう」

そう言って、平庭に目を移す。

「それで残間さんからの電話、どういう内容だったんですって」

平庭は、ちょっと肩を落とした。

「詳しい事情は、まだ分かりません。残間さんはただ、自分が行方不明になったことで、警察に捜索願いを出したりして、騒ぎ立てないようにしてほしい、と言ったそうです」

「それは、本人の考えじゃないな。だれかに、無理やり言わされてるんだろう」

大杉が言うのにかまわず、美希は平庭に質問を続けた。

「その理由を言ったの、残間さんは」

平庭が、深呼吸して言う。

「佐々木部長によれば、残間さんは三日後の午後六時までに、自分の原稿を保存したUSBメモリを、部長宛に郵送すると言ったそうです。その中に、どうすればいいかを指示するメモを、入れておく。その指示に従ってほしい、と言って電話を切ったと」

大杉は反射的に、腕時計に目を向けた。

「三日後の午後六時といえば、まだ七十時間以上もあるぞ」

美希が、大杉を見る。

「原稿って、なんの原稿かしら」

大杉は黙って首を振り、平庭に目をもどした。

「残間が、どこからかけてきたのか、部長は言ったか」

「聞いたけど、言わなかったそうです」

「発信元を、たどれないのか」

平庭が、ため息をつく。

「ふつうのケータイか、固定電話ならたどれるかもしれませんが、残間さんが使ったのはプリペイドの、ケータイらしい。番号表示も、非通知になっていた、と」

「録音しなかったのか」

「してないですね。社内でも、ワンタッチで録音できる電話は、限られていますから。警察の電話なら、なんとでも対応できるでしょうが」

平庭は言いさして、またため息をついた。

大杉は考えに詰まって、また拳を手のひらに叩きつけた。

しばらく、沈黙が続く。

やがて、あきらめたような口調で、平庭が言った。

「そろそろ、引き上げましょう。こうしていてもしかたがないし、とにかく社へもどらないと」

大杉は、とくに反対する理由が見つからず、美希に目で意見を求めた。

美希が、親指の爪を唇に当てて噛み、考えるしぐさをする。

それから、やおら口を開いた。

「ここの防犯カメラを、見せてもらいましょう。玄関ホールと、ロビーにはなかったけれど、エレベーターにはついていたわ」

大杉は、虚をつかれたものの、すぐに指を立てた。

「そうか、それがあったか。いいところに、気がついたな」

古くて小さなマンションなので、そういう設備があるとは思わなかった。

平庭が、美希に目を向ける。

「しかし、防犯カメラは警察の正式な要請がないと、チェックできないんじゃなかったですか」

「任意ということで、見せてもらうのよ。小野崎さんに、わたしからお願いしてみるわ」

三人は、ロビーにおりて管理人室に立ち寄り、とりあえず小野崎に鍵を返した。

美希が切りだす。

「すみませんが、ついでにここ二十四時間の、エレベーターの防犯カメラの映像を、見せていただけませんか」

小野崎は、顎を引いた。

それから、わざとらしく咳払いをしてみせ、おもむろに応じる。

「それは、警察の捜査に関わる公式の依頼、ということでしょうか」

「ええ、もちろんです。書類上の、めんどうな手続きが必要でしたら、裁判所の令状を取ってきます。でも、それではお互いに、わずらわしいでしょう」

大杉は、笑いを嚙み殺した。

自分が警察官だったころは、そんなめんどうな手続きなど、必要なかったと思う。あったかもしれないが、だいたいはその場で相手を締め上げ、言うことをきかせたものだ。あるいは美希一流の、はったりかもしれない。

小野崎は、頰を搔きながらしばらく考え、それからそばにいた管理人に、うなずいてみせた。

「お見せしろ。ゆうべの、六時以降の映像を、全部だ」

管理人が、モニターに接続した映像再生の機材を、慣れた手つきで操作する。おそらく暇つぶしに、のべつ眺めているのだろう。

モニター映像を、早回ししたり巻きもどしたりしながら、前日午後六時からの録画映像を、チェックしていく。

住人らしき人びとや、宅配業者の映像が次つぎと流れたが、残間の姿は見当たらなかった。

画面の表示が午前零時を過ぎると、乗降する人間が極端に少なくなったので、再生速度を上げさせる。

午前三時を回ったころ、興味を引く映像が現われた。

一階から無人の箱に、つば広の帽子をかぶったコート姿の人物が、一人で乗り込んで来たのだ。箱の後方の、斜め上からの広角カメラなので、顔は見えない。しかも、カメラのすぐ下の隅に立ったため、帽子しか映らなかった。

不審な人物は、残間の部屋がある四階ではなく、最上階の五階のボタンを押した。

五階でおりると、すばやく廊下にすべり出て、右へ向かう。階は違うが、四〇六号室があるのと、同じ側だ。非常用の昇降階段は、確かエレベーターのすぐ脇にある。

「監視カメラを計算に入れて、わざと上の階でおりたのかもしれんな。階段を使えば、すぐに四階へおりられる」

大杉が指摘すると、美希は黙ってうなずいた。

管理人によれば、マンションの住人の中にこのような、男女の区別もつかない格好をした人物は、心当たりがないという。

平庭が言う。

「コートの下は、スラックスのようでしたね。だとすれば、男かな」

「女でも、スラックスをはくことがあるから、断定はできないな」

管理人に指示して、その人物が乗り込むところまで、巻きもどしてもらう。再生と停止を繰り返しながら、もう一度丹念にチェックした。

美希が、力なく言う。

「どちらにしても、残間さんじゃないわね。体が華奢すぎるわ」

大杉もうなずいた。

「女の可能性が強いな。男だとしたら、あまり大きくないやつだ」

そう言いながらも、頭の中では弓削ひかると洲走まほろの、おぼろげなイメージを思い浮かべよう、と努力していた。

しかし、ひかるの顔は一年半ほど前に、三重島茂の別邸で御室三四郎と格闘した直後、ちらりと見たのが最初で最後だから、はっきり思い出せない。

まほろの方は、想像しようとすると姉のかりほの顔が浮かび、その信じがたい美しさの印象が強すぎて、イメージできないのだった。

はっとわれに返り、監視カメラの画像に集中する。

不審な人物を、五階まで運んだエレベーターは、呼びボタンで呼ばれて一度一階にもどり、今度は酔っ払いと思われる中年の男を、三階まで乗せた。

管理人は、その男をマンションの住人だ、と請け合った。

箱は、少しのあいだ三階に停まっていたが、また動きだして五階に上がった。

例の不審人物が、相変わらず顔を見せないまま乗り込み、一階へもどった。そそくさと、エレベーターを出て行く。

その場面も、繰り返し再生してみたが、やはり新しい発見はなかった。もし、玄関ホールにも防犯カメラが設置されていれば、もう少し情報が得られたかもしれない。

それから、さらに四十分ほどかけて、全部の映像をチェックした。しかし、ほかにあやしげな人物は、見当たらなかった。むろん、残間の姿も見つからない。

いずれにせよ、今の段階で映像の提供を受けるわけには、いかなかった。

美希は小野崎に、少なくとも二カ月間はその映像を消去せず、社に保存しておいてほしい、と頼んだ。

できることは、それくらいしかなかった。

「それまでに、残間の消息が明らかになった場合は、小野崎さんにお電話しますので、よろしくお願いします」

平庭が重ねて言うと、小野崎はあまりいい顔をしなかったが、とにかくそうすると約束した。

16

外に出ると、平庭次郎は言った。

「お二人は、これからどうされますか」

「東都ヘラルドとは別に、残間の居場所を捜すことにするよ」

大杉良太の返事に、平庭はちょっと口ごもった。

「ええと、さっきの部長の電話のこともありますし、この件についてはあまり、騒ぎ立てないでいただけませんか。警察に言ったりとか」

そう言いかけて、あらためて気づいたという顔になり、倉木美希を見る。

美希は、軽く肩をすくめた。

「ご心配なく。わたしは、今現場の仕事をしていませんし、目下別の職場へ出向中の身だから。それに、残間さんの安全を第一に考えるのは、わたしたちも同じよ」

それを聞いて、平庭はぺこりと頭を下げた。

「ありがとうございます。何か進展がありましたら、また連絡させていただきます」

顔を上げて、大杉に目を向ける。

「そういえば、けさの電話で大杉さんはこの一件以外に、わたしの力を借りたいことがある、とおっしゃいましたよね」

大杉は、手を振った。

「その相談は、これが落ち着いてからに、させてもらうよ。今はこっちの方が、だいじだからな」

ため口がいつの間にか、当たり前のようになってしまったが、平庭は気にする様子もなかった。

「分かりました。いつでも、電話してください」

大杉と美希は、電車でもどるという平庭と、蓮根の駅で別れた。

駅前に昔ながらの、古い喫茶店があった。

近くに客のいない、窓から離れた席に腰を落ち着け、またコーヒーを頼む。

「いったい、どうなってるんだろうな」

大杉が言うと、美希はため息をついて目を伏せ、考えるしぐさをした。

「残間さんが、自分の意志で姿をくらましている、とは考えられない。きっとだれかに、拉致されたのよ。社会部長への電話だって、無理やりかけさせられたに違いないわ」

「拉致って、だれにだ。監視カメラに映っていた、あの男か女かも分からない、あやしいやつにか」

「かもしれないわね」

「少なくとも、残間の部屋にはいり込んだのは、あいつに違いないな。あんな時間に、住んでもいないマンションのエレベーターに、乗りに来るやつはいないからな。残間を拉致したやつか、その仲間としか考えられんだろう」

「まあ、そう考えるのが、妥当でしょうね」

美希は、妙に落ち着いた口ぶりだったが、目には強い不安の色があった。

「ブン屋を拉致するなんて、社会的影響が大きすぎるから、ふつうの人間にはまずできないことだ。デカを拉致するのと、変わらないからな」

「そうね。だれのしわざかしら」

独り言のような美希の言葉が、妙にしらじらしく感じられる。

「とぼけるのは、よしてくれ。〈百舌〉のしわざに、決まってるだろうが」

そのとき、コーヒーがきたので、会話が途切れる。

美希は黙って、コーヒーを飲んだ。

まるで、泥水を飲んだとでもいうように、ぎゅっと眉根を寄せる。

「だれのしわざかなんて、言いたくもないし、考えたくもないわ」

「いや、考えた方がいい。こんなことを企てるのは、〈百舌〉を気取るやつしかいないぞ」

大杉が言い切ると、美希は所在なげにテーブルの縁に、指を這《は》わせた。

「残間さんは背も高いし、簡単に拉致できる相手じゃないでしょう。人通りのない真夜中ならともかく、まだ宵の口に近い大手町《おおてまち》あたりで、そんな乱暴狼藉《ろうぜき》が働けるかしら。まして、〈百舌〉が女だとしたら体力的にハンディがあるし、なおさら無理じゃないの」

美希の頭の中にも弓削ひかる、ないしは洲走まほろのイメージがあることは、容易に想像がつく。まして美希は、ひかるともまほろとも顔を合わせているから、イメージはより具体的だろう。

大杉も、コーヒーに口をつけた。

「そうとも限らないぞ。例の、茂田井のかみさんにやったように、麻酔薬をスプレーして眠らせる、という手があるじゃないか」

美希は反論せず、口をつぐんだ。

大杉は続けた。

「近くに車を用意しておけば、残間のような男をかつぎ込むことも、むずかしくはない。たとえ、犯人が女だとしても、二人で力を合わせればな」

美希の眉が、ぴくりと動く。

「弓削ひかると洲走まほろが組んで、残間さんを拉致したというの」

「そう考える根拠があるだろう。二人のあいだに、まだ密接な関係が続いている、と話してくれたのは、きみじゃないか」

美希はまた、口を閉じた。

大杉にもまだ、弓削ひかると洲走まほろのしわざだ、という確信はなかった。

とはいえ、女二人なら残間を眠らせてどこかへ運び、監禁することも不可能ではない。縛り上げて自由を奪い、無理やり電話をかけさせるなど、好きなように操ることもできるだろう。

ことに、洲走まほろのこれまでの振る舞いからすれば、一人でもやってのけそうな気がする。

美希が、あらためて口を開く。

「さっきの電話で、残間さんが社会部長に送ると言った原稿は、どんな内容なのかしら」

「その昔、田丸が残間に書かせた例のボツ原稿じゃないか、と思う。残間が、以前おれの事務所へ送りつけてきた、例のやつだ。あのとき、一緒に読んだよな」

「ええ。残間さんの部屋の、パソコンの脇から持ち出されたケースの中に、その原稿を保存したメモリが、はいっていたのかしら」

「まず、間違いないだろうな」

「あの原稿で、民政党の陰謀を暴き立てたのはいいとしても、ほとんど情況証拠ばかりだったわよね。残念ながら、法的に民政党を告発するだけの力は、なかったわ」

美希の言うとおりだった。

「ただ、死んだ田丸が残間に渡そうとしていた、例の盗聴テープと組み合わせることができたら、かなりの説得力があるんじゃないか」

「でもあのテープは、もう三重島の手に渡ってしまったから、使えないでしょう」

「そのとおりだが」

大杉は、そこで一度、言葉を切った。

美希が、その先を促すように、じっと見つめてくる。

「おれの勘では、〈百舌〉になりすました弓削ひかるか洲走まほろ、あるいはその二人が問題のテープの、コピーを持ってるんじゃないか、という気がするんだ。オリジナルは、言われたとおり三重島に手渡したとしても、コピーを取ることはできるからな」

美希は、ぎくりとしたように、背筋を伸ばした。

「その二つの素材を使って、残間さんに原稿を書かせよう、というの」

「そう考えれば、なんとなく筋道が立つだろう」

美希は肩を落とし、椅子の背にもたれた。

「なんのために、そんなことをするのかしら」

「三重島に、というか今の社会のシステムそのものに、復讐《ふくしゅう》するためかもしれんな」

美希が、首を振る。

「わたしには、彼女たちが何を考えているのか、分からないわ」

しばらく、沈黙が漂った。

美希が、話題を変えて言う。

「ところで、ゆうべは〈鍵屋〉で残間さんと会って、なんの話をするつもりだったの。〈百舌〉の話、それともただの世間話」

大杉は、苦笑まじりに頬を緩めて、コーヒーを飲み干した。

「そういう話だったら、きみにも声をかけたさ」

「だったら、なんの話よ」

なおも追及してくる。

大杉は少し迷ったが、結局は口を開いた。

「実はきのうの午前中、めぐみが残間とおれに相談ごとがあると言って、電話してきたんだ。残間には、先に連絡してアポをとった、と言っていた。それがゆうべ八時、〈鍵屋〉というわけさ。なんとなく、人手が必要になりそうな気がしたから、村瀬にも声をかけたんだが」

「村瀬さん。ああ、あのアシスタントの人。良太さんと、よく気が合うみたいね」

「給料さえ払えれば、助手に雇いたいくらいだよ」

美希も、コーヒーを飲み干す。

「その顔触れで、わたしに声をかけなかったとしたら、それなりの理由があるからでしょうね」

いくらか、いやみのこもった口調だった。

ことさら、むずかしげな顔をこしらえてみせる。

「それはつまり、めぐみがきみの同席を望んでいないらしい、と感じたからさ。望んでいれば、めぐみの方からそう言ったはずだからな」

美希は小さく、含み笑いをした。

「でも、結局はゆうべ残間さんが現われなかったので、その話はお流れになったわけね」

「いや。村瀬と三人、〈鍵屋〉からおれの事務所へ回って、めぐみの話を聞いた」

「あら、そう。よかったじゃないの」

いかにも、興味のなさそうな口ぶりで、言い捨てる。

大杉は、耳たぶを引っ張り、話を続けた。

「めぐみは、きみに絶対知られたくないというような、そんな風情じゃなかった。現に、口止めもされなかったしな。ただ」

そこで言いさすと、美希は容赦なく突っ込んできた。

「ただ、何よ」

「ただ、なんというか、上司の許可を得ずにだな、残間やおれのような民間人に、捜査協力を求めるのが、後ろめたかったんだろう。それをきみに、知られたくなかったのさ」

「ふうん。捜査協力を、求められたわけね」

わざとらしく、念を押してくる。

しかたなく、肩をすくめて応じた。

「まあ、そんなところだ」

美希は、表情を緩めた。

「めぐみさんの立場も、分かるような気がするわ。いくら古い付き合いでも、めぐみさんからみればわたしは、あくまで他人でしょう。警察という、同じ組織の先輩後輩、というだけだもの。よほどのことがないかぎり、弱みは見せたくないに違いないわ」

大杉は、さりげなくあたりに目を配ってから、声を低めて言った。

「まあ、そんなところだろう。しかし考えてみると、今めぐみが取り組んでいるのは、国の安全保障に関わる問題、といえるかもしれん。つまり、きみが出向している公共安全局の仕事と、無関係じゃないような気がするんだ」

「あら、そうなの」

軽くいなされて、大杉はつい身を乗り出した。

「きみに話したことは、めぐみには黙っていてくれよな」

美希は笑った。

「話す気になったわけね」

「おしゃべりは、禁物だぞ。おれがいい、と言うまではな」

「そんなこと言って、いつも自分から先にめぐみさんに、白状してしまうくせに」

図星を指されて、大杉は耳の後ろを掻いた。

「まあ、そうなることが多いのは、認めるがね」

頭の中を整理しながら、めぐみから受けた相談の内容を、手短に説明する。

最初のうち、美希はただ聞き流すだけという、おざなりな態度だった。しかし、しだいに興味を引かれたらしく、身を入れて耳を傾け始めた。

それに気づいた大杉は、ときどき気を持たせるのを忘れずに、めぐみの捜査課題を説明した。

美希は防衛装備調達庁の、大学や民間の研究機関に対する助成金の交付問題に、とくに関心を示した。

「なんでも、安全保障技術研究推進制度というのが、あるんだそうだ。研究者が、自分の研究に援助を申請すると、調達庁はそれが防衛分野に役立つ研究かどうか、審査する。役に立つ、と判断すれば助成金を出す、というシステムらしい。承知してると思うが」

「ええ、知っているわ。大学の場合、助成金交付の対象が民生用の研究か、それとも軍事研究に当たるかどうか、事前にチェックする機能を持っているのは、せいぜい二割か三割ね。あとはおおむね、研究者個人の判断に、任されているの」

「軍事研究はいっさいだめ、という大学もあるらしいな」

「正式なデータは知らないけれど、そういう大学はせいぜい一割程度じゃないかしら」

「日本学術会議は、否定的見解を出したんだろう」

「ええ。でも、どこまで拘束力があるのか、疑問だわ」

大杉は、話を進めた。

「めぐみによれば、今や日本の防衛省周辺だけじゃなくて、アメリカの国防総省の出先機関までが、日本の大学や研究機関に助成金を出している、という話なんだ。ＯＳＲＡＤ、とかいう機関らしいが」

美希が、感心したように、唇をすぼめる。

「ＯＳＲＡＤに目をつけるなんて、生活経済特捜隊の調査能力も、ばかにならないわね。

まして、めぐみさん個人の発想だとしたら、たいしたものだわ」

「OSRADを、知ってるのか」

「ええ、もちろん。戦略研究開発事務局のことよね。確かに、OSRADの水面下での動きは、公共安全局の関心事の一つ、といってもいいわ」

さすがに広く、深く網を張っているようだ。

「ただし、公共安全局の方は国民の反発を招かずに、軍事研究を推進するにはどうしたらいいか、という立場で動いてるんだろう」

美希は軽く、眉を上げてみせた。

「それもあるけれど、そうした日米共同の極秘の研究成果が、間違っても共産圏へ流れることのないように、目を光らせるのも重要な仕事の一つだわ」

大杉は、椅子の背にもたれて、腕を組んだ。

「やはり、めぐみの捜査課題もまんざら公共安全局の仕事と、関係がないわけではなさそうだな。まあ、警察レベルと国家レベルの違いは、あるかもしれんが」

美希が、眉を曇らせる。

「いちばんやっかいなのは、はっきり軍事技術の開発とは認定できない、民生用との境界があいまいな、基礎研究の扱いなのよね」

「いわゆるデュアルユース、というやつだな」

さりげなく言うと、美希はさも感心したように、口元に笑みを浮かべた。

「めぐみさんから、だいぶご進講を受けたみたいね」

「それくらい、常識の範囲内さ」

そう応じたものの、いくらかばつが悪かった。

「よかったわ。良太さんの、常識の範囲が広くなって」

からかわれたが、悪い気分ではない。

「しかし、デュアルユースの定義はいかにも、あいまいだな。そもそも、世の中にデュアルユースでないものなんて、ほとんどないんじゃないか。自動車にも軍用車はあるし、歩道に突っ込めば乗用車だって、凶器になる。出刃包丁は、魚もさばけるが人も殺せる。電話もインターネットも、悪用しようと思えばいくらでもできる。その善悪は、使う者の考えしだいで決まる、ということだろう」

美希は、ため息をついた。

「そのとおりね。世の中には、一方的な善もなければ、一方的な悪もない。すべてが、表裏一体になっているのよ」

「そうだな。おれたちは、それをそのときどきの都合に合わせて、表裏をうまく使い分けるわけだ」

美希が急に、笑いだす。

「どうしたの、急にむずかしい顔をして。何か哲学的なことでも、考えているみたいよ」

「ばれたか」

照れ隠しに、はぐらかした。

美希は、まじめな顔にもどった。

「それで、めぐみさんは良太さんと残間さんに、どんな捜査協力を求めようとしたの。どのみち、さっきの助成金がらみの話なんでしょう」

大杉は、少しのあいだ考えてから、首を振った。

「そいつはまだ、言えないな。そのときがきたら、めぐみの口から直接言わせるよ。ただし、めぐみがその気になったら、の話だが」

美希は、愛想のいい笑みを浮かべ、軽く肩を揺すった。

「いくら、わたしたちが親しい仲でも、良太さんが簡単に口を割らないことは、分かっているわ」

「ほとんど、話したじゃないか」

「でも、肝腎なことはしゃべらないのが、良太さんのいいところよ」

そう言って、美希はさりげなく手を伸ばし、大杉の手に重ねた。

*

男は、パソコンの画面を見つめたきり、身じろぎもしない。

かつて、男が書いたという古い原稿は、自宅マンションから回収して来たＵＳＢメモりに、保存されていた。

男は、それを今パソコンの画面に呼び出し、読んでいるところだった。

むろん、こちらもすでに目を通している。これまで知らなかった、民政党の陰謀がつぶさに書かれており、その臆面のなさに笑いだしたくなるほどだった。ことに、全警察の警備・公安・生活安全の三部門を核に、内閣情報調査室と公安調査庁を統合して、治安警察庁を創設するといった企図には、さすがにあきれた。

原稿には、それを実現するための民政党幹部の動きや、発言が記録されていた。

しかし、残念ながらその陰謀を裏づける物的証拠が、欠けているのだった。第三者、たとえば大杉良太や倉木美希の証言が、はいっていない。

つまりは、情況証拠による臆測だけという印象が強く、このままでは確かに一流紙に、載せるわけにはいくまい。

とはいえ、例のカセットテープの盗聴記録と抱き合わせれば、そこそこにインパクトのある原稿が、書けるだろう。

何も言わなくても、男はそれをみずから書く気になるはずだし、その記事が新聞に載ることも、間違いあるまい。

載せなければ、男の命はないからだ。

男が丸椅子をまわし、鏡の方に向き直る。

17

どうやら、男はひととおり文章を、打ち終わったようだ。

おもむろに、カセット・レコーダーにつないだイヤホンを、耳からはずす。それをテーブルに置いて、椅子の背にゆっくりともたれた。

そのままの姿勢で、じっとパソコンの画面を見つめる。ときどき、マウスを動かしてスクロールし、慎重な指さばきでキーボードを叩く。

手直しをしているのだろう。

そろそろ、食事を差し入れる時間だ。

エクスチェンジ・ボックスを開き、食べ物や飲み物を載せたトレイを、中に入れる。ボックスは幅五十センチ、高さ三十センチで、奥行きは四十センチある。トレイが、楽に収まる大きさだ。

トレイには野菜サラダ、ヨーグルト、カツサンド、缶ビール、それにデザートのプリンが、載せてある。

どれも、コンビニで買った軽食類だが、量はともかく素材も味もまずまずだし、栄養バランスも悪くない。男の方から、苦情が出たことはない。監禁された身で、ぜいたくは言えないはずだ。

ボックスの扉を閉め、ロックする。向こう側には、取り出し口がある。

窓をのぞくと、男はまだ作業を続けていた。たとえ強制された仕事でも、いったん始めれば手を抜けなくなるのが、新聞記者の習性なのだろう。

三十分後、男はすべての作業を終えたらしく、椅子にもたれ直した。

「食事の用意ができてるよ」

声をかけると、男は鏡の方に顔を向けた。

「こっちも、一応書き上げた」

「ちゃんと、署名を入れたか」

「入れた」

「では、テーブルに載った別のUSBメモリに、その原稿を保存するんだ」

指示どおりにして、男がこちらを見る。

「出来はどうだね、記事原稿の」

そう聞くと、男は冷笑とも苦笑ともつかぬ、薄笑いを浮かべた。

「こんなとんでもない原稿を、東都ヘラルドが載せるわけがないな。あんたが、何を考えてるのか知らんが、あてにしない方がいいぞ」

「だとしたら、あんたはたった今自分の死刑執行命令書に、自分の名前を打ち込んだことになるな」

男は、記事が載らなければ死ぬことになる、という威しを思い出したらしい。

頰を引き締め、パソコン画面に目をもどした。

少し考え、独り言のように言う。

「掲載させる方法が、一つだけあるかもしれないぞ」

「どんな方法だ」

「あんたが、最初に言ったじゃないか。載せなければ、ほかの新聞社や週刊誌、テレビ局にばらまく、と通告するのさ。同じように、載せなければおれが死ぬことになる、というメッセージつきでね。ほとんどのメディアは、とりあえず警察に通報するだろうが、何社かはめったにない特ダネと考えて、抜き打ち報道するだろう。ことに、新聞は他社に抜かれるのを、何よりもいやがる。東都ヘラルドのライバルの、帝都新報などはその最たるものだ。そこにつけ込むのさ」

思わず、笑ってしまう。

「つまり、あんた個人としてはその特ダネをむしろ、どこかに載せてもらいたいんだな。それも、命が惜しいからじゃなくて、民政党の陰謀を広く天下に知らしめたい。そういうことだろう」

図星を指されたとみえて、男はわずかに顎を引いた。

畳みかける。

「ひとつ、あんたの運を試してみようじゃないか。東都ヘラルドの社会部長は、確か佐々木治雄《はるお》といったな」

「佐々木宛に、手書きで手紙を書け。同封のUSBメモリの原稿を、あんたの署名記事として、手紙が着いた翌日から三日のうちに、掲載するように指示するんだ」

「そうだ」

細かく指示を与えるのを、男はメモもとらずに聞いていた。

聞き終わると、引き出しにはいった便箋、封筒と切手、ボールペンを取り出して、すぐに書き始めた。抵抗してもむだだと悟ったのか、ほとんどためらう様子を見せなかった。

書き上げるのを待って、鏡の前へ持って来るように言う。

手紙を胸の前に広げさせ、ひととおり読んでみる。こちらの言ったことが、要領よくまとめられていた。なるほど、優秀な記者には違いない。

それを、ガラス越しに男の顔と一緒に、スマホで撮影する。

宛て先を書いた封筒に、手紙とメモリを入れるように、男に指示する。

「封はしなくていい。ただし、切手は貼るんだ。自分でなめてな」

男は、言われたとおりにしてから、皮肉っぽく口元をゆがめた。

「DNA鑑定までは、やらないと思うがね」

それには、答えなかった。

「エクスチェンジ・ボックスから、中のトレイを引き出して、かわりに封筒を置け」

ボックスの、向こう側の扉のロックを、解除する。

男は、言われたとおりにトレイを引き出し、かわりに封筒を入れた。

交換が終わると、ふたたび男の側の扉をロックして、こちら側から封筒を取り出す。

「食事が終わったら、そう言ってくれ」

男が食事をしているあいだに、スマホで撮った写真を手元のパソコンに送り、プリントした。

それから、メモリに保存された原稿を呼び出し、ざっと目を通す。

簡潔にまとめられているが、それでもかなり長い原稿だった。記事にするとしたら、新聞一面の三分の二くらいは、占拠しそうだ。

原稿には、森原研吾《もりはらけんご》、馬渡久平、茂田井滋、三重島茂といった民政党の幹部たちの名前が、物故者も含めてぞろぞろと出てくる。そうした政治家たちが、裏でいかにあくどい陰謀を巡らしていたかが、感情をまじえぬ筆致で書き連ねてある。それらはおおむね、公安省、治安警察庁の設置など、国家による治安権力の統合と拡大を目指す、不穏な意図を暴くものだった。

知らないことがほとんど、といってよい。

それを証言しているのは、大杉良太であり、倉木美希であり、そしてこれを書いた男自身だった。ただ、その証言を裏づける物的証拠が、何もないように思える。確かに、これではまともな新聞の一面どころか、三面記事にもなるまい。

かつて、男が隠し録りした例のテープも、役に立ったようだ。

倉木美希をはじめ、警察関係者の緊迫した生のやりとりが、そのまま活字で再現されている。三重島の名前が出てくるから、かなりセンセーショナルな話題になるだろう。

しかし、ただそれだけのことで、法的な証拠価値は低い。

どちらにしても、事件に関わったほとんどの人間が、死んでしまっている。これでは、民政党の陰謀を法的に糾弾するだけの、論理的な説得力がない。いつもの、記憶にございませんの一点張りで、逃げ切られてしまう。

とはいえ、東都ヘラルドの紙面に載れば、話題になることは確かだ。スキャンダル好きの週刊誌が、あと追いで食いつくに違いないから、世間の耳目も集まるだろう。

ましてそのタイミングで、記事に名前が出た関係者のだれかに、何か異変が起こったりすれば、民政党の連中も放置しておけなくなる。

おもしろいことに、なりそうだ。

＊

三日後の午後遅く。

大杉良太は、入居しているクレドール池袋の、月間保安リポートを書いていた。

このマンションの建主は、大杉の中学時代からの旧友で、菰田英幸《こもだひでゆき》という男だった。

菰田は、マンションの保安上の問題について、大杉に相談するため顧問料を支払い、実質的に賃貸料を安くする措置をとっている。

最近は、中国人や韓国人など外国人の入居者が増えたほか、民泊禁止条項を無視するなどのトラブルが、あとを絶たない。大杉は、問題解決のためのアドバイスにとどまらず、実力行使寸前の手伝いまで、させられている。

リポートを書く途中で、東都ヘラルド社会部の平庭次郎から、電話がかかってきた。

社会部長の佐々木治雄宛に、行方知れずの残間龍之輔から短い手紙と、USBメモリが送られてきた、という。

三日前、一緒に残間のマンションへ様子を見に行ったとき、平庭のスマートフォンに社会部長の佐々木治雄から、連絡がはいった。

残間が、佐々木のデスクに直接電話をよこし、自分の原稿をUSBメモリに入れて送るから、捜索願いなど出さないように言ってきた、というのだった。

そのUSBメモリが、予告どおり佐々木の手元に届いた、という。

「どんな原稿なんだ」

「読んだ方が早い、と思います。添付されていたメモや写真と一緒に、そちらへ転送します」

「分かった。できれば、きょう中に会いたいんだが」

「これから、局長会議に出席しなければならないので、すぐには出られないんです。一段落したら、あとでまた電話します。たぶん、夜遅くなると思いますが」

「遅くなってもかまわん。倉木美希にも、声をかける。おれの事務所に、来てもらえないか。ひとに聞かれる心配がないからな」

「分かりました」

住所を教え、電話を切った。

倉木美希の携帯電話にメールを送り、だれもいないところから電話をくれ、と頼んだ。

月間リポートを書き上げ、パソコンのメールを開いてみると、さっそく平庭からデータが届いていた。

まず、USBと一緒に送られてきた、という残間が手書きしたメモの写真と、そのメモを前に広げて立つ、残間自身の写真をチェックする。

グレイのズボンに紺のジャケット、ノーネクタイ姿の残間は不精髭を生やし、かなり憔悴《しょうすい》した様子だった。

背景は、白一色の床と壁で、残間の背後にパソコンが載ったテーブル、それにパイプ椅子が写り込んでいる。生活感のない、閉鎖された空間、としか分からない。場所を特定する手がかりは、何もなかった。

メモの拡大写真には、つぎのような手書きの文言が、書かれていた。

佐々木社会部長殿
残間龍之輔です。
このたびは、多大のご迷惑とご心配をおかけして、申し訳ありません。さっそくながら、これまでの〈百舌事件〉と呼ばれる一連の事件について、小生なりに調査した結果や収集したデータをもとに、リポートをまとめてみました。同封のUSBメモリに、保存してあります。この原稿は、ある人物に強要されて書いたものですが、内容がすべて事実であることは、小生が請け合います。ただ関係者の証言や、伝聞による情報がもとになっているため、物的証拠はほとんどありません。したがって、実名を挙げた陰謀事件の関係者を、法的に裁くことはむずかしいでしょう。だとすれば、彼らの陰謀を糾弾するためには、この原稿を小生の取材記事として公表し、広く世論に是非を問うしか方法がありません。

このUSBメモリが、お手元に届いた翌日から三日のうちに、本紙に掲載してくださるよう、お願いします。朝刊、夕刊を問いません。手直しや要約、抜粋等の勝手な編集は、どうかお控えください。小生の行方が知れないこと、この原稿が手元に届いたことなどを、警察に相談して指示を仰ぐのは、そちらの自由です。ただし、どのような対応をとられようと、これが記事として掲載されない場合は、お手元に小生の死亡通知が届くことになります。それと同時に、他の新聞や週刊誌、テレビ等のメディアに、同じ原稿が送りつけられるでしょう。そうすれば、いずれかのメディアがそれを報道することは、目に見えています。だとすれば、東都ヘラルドが、いわば先取り特権を行使するのが、賢明ではないかと愚考します。

小生としては、死にたくない気持ちもさることながら、この原稿に書かれた事実を読者諸氏に、ぜひ知ってもらいたいのです。そのためにも、この原稿をかならず掲載していただくように、切望します。

よろしくお願いします。

残間龍之輔拝

大杉は息をつき、目がしらをもんだ。

ここで、残間が〈ある人物〉、と呼んでいるのは〈百舌〉を僭称《せんしよう》する、洲走かりほの妹まほろ、ないしはまほろと微妙な関係にある弓削ひかる、と思われる。二人の関係については、すでに美希から報告を受けている。

大杉は、そのメモの写真をプリントアウトし、もう一度ざっと読み返した。

メモは当然、それを指示して書かせた〈百舌〉の意図を、反映しているに違いない。

しかし、同時に残間自身の本音を吐露したもの、といってもよさそうだ。

よくも悪くも、残間は自分の原稿に命をかけている。そう思わざるをえない。

さらに大杉は、添付されてきた原稿もプリントアウトして、丹念に目を通した。

内容は、かつて社会部長だった田丸清明の指示で、残間が書いた原稿をもとにしたものだった。大杉も美希も、フロッピに残されていたオリジナル原稿を、残間から提供されて読んだことがある。ただ、その原稿は田丸から当時の民政党幹事長だった、馬渡の手に渡る手筈になっており、記事として掲載されることはなかった。

今回の原稿は、あらゆる歯止めを取りはずしたかたちで、書き直されていた。

馬渡をはじめ、事件に関わりのあった民政党の幹部たちが、実名で出てくる。残間自身はもちろん、大杉や美希もRO、MKの頭文字で、登場する。実名が伏せられたのは、むろん残間の配慮に違いあるまいが、〈百舌〉がそれを許したのはむしろ、不可解だった。

この原稿が記事として掲載されれば、すでに死んだ元法務大臣の森原研吾、それに続く馬渡久平や茂田井滋は別として、現役の党幹事長の三重島茂はてきめんに、顔色を失うだろう。法的には罰せられないにせよ、釈明に追われることは必定だ。

直接は関わっていない、総理大臣の太田黒武吉《おおたぐろぶきち》といえども、無事ではすむまい。現在の地位を失う可能性もあり、政治生命にも影響しよう。

ことに、〈ノスリ〉の事件の最終段階で、残間が隠しマイクで録音したテープの、活字での再現部分は、臨場感に満ちていた。

あのときは、警察庁生活安全局の朱鷺村琢磨警視正、公安特務一課の洲走かりほ警部の口から、三重島が陰謀の頂点にいる事実を示唆する、過激なやりとりがあったのだ。

大杉はその際の、緊迫した情景を生なましく思い出して、手に汗が浮くのを感じた。

録音テープのコピーは、東都へラルドのトップを通じて、警視庁に召し上げられた。外部にはいっさい、出回らなかった。

ただ残間は、保険をかけるためオリジナルのテープを、当時警察革新評議会の議長を務めていた、帝都新報社長の菅沼善助《すがぬまぜんすけ》に預けた。

菅沼はそれを、ひそかに茂田井に、提供したらしい。

さらに、茂田井はそのテープを右翼雑誌、〈ザ・マン〉の編集長に転身した、田丸に回した。田丸を通じて、残間に三重島をおとしいれる匿名の記事を、書かせるつもりだったのだ。

それを察知した三重島は、おそらく別邸に囲った山口タキこと、洲走まほろを〈百舌〉に仕立て、田丸を殺させてテープを手に入れた。

ところが、〈百舌〉はテープを三重島に渡す前に、またまた新しいコピーを取って、別のメモリに保存した、とみえる。それを今回残間に提供して、よりセンセーショナルな原稿を、書かせたに違いない。

一息つこうと、コーヒーをいれて飲み始めたとき、美希がようやく電話をよこした。

「遅くなって、ごめんなさい。午後からずっと、局内会議が続いているの。今は、休憩時間。何があったの」

「平庭から、連絡があった。社会部長に、残間の原稿がはいったUSBメモリが、送られてきたそうだ。平庭が、その原稿を残間自筆のメモと一緒に、おれのパソコンに転送してくれた」

「どういう内容なの」

「電話じゃ言えない。こっちへ、来られるか」

「すぐには無理よ。会議が終わるのは、早くても七時ごろ」

「なんの会議だ、いったい」

「いくら良太さんでも、それは言えないわ」

「どうせ、公共安全のためには、どのような強権発動が必要か、なんて会議だろう」

「適当に想像して。八時までには、行けると思うわ。終わったら、電話します」

その電話があったのは、午後七時二十分過ぎだった。

18

倉木美希は、ちょうど午後八時に、大杉良太の事務所に着いた。

大杉は、近所で買ってきたという、幕の内弁当を用意していた。

湯をわかすあいだに、残間龍之輔のメモと原稿を、大急ぎで読んでみる。

美希が読み終わるのを待って、大杉は弁当に箸をつけながら、口を開いた。

「どうだ。それが紙面に載ったら、かなりの騒ぎになるぞ」

すぐには返事ができず、同じように弁当に手をつける。

大杉は続けた。

「あくまで、載ったら、の話だがな」

お茶を飲んで、遠回しに答える。

「この原稿の内容が、限りなく真実に近いことを保証できるのは、良太さんとわたしくらいのものよね」

大杉は、少し考えた。

「あとは、民政党の幹部連中だな。もっとも、生きている大物は首相の太田黒武吉と、幹事長の三重島茂しかいないが」

美希もうなずく。

ほかの政党の幹部で、多少関わりのあった者も何人かいるが、詳しいことはほとんど知らないだろう。いくらか、事情に通じていると思われるのは、元警察庁の特別監察官室長で、今は首都警備保障の専務から社長に昇格した、稲垣志郎《いながきしろう》くらいのものだ。

「良太さんやわたしが、いくらこの内容を事実だと言い張ったところで、暖簾《のれん》に腕押しでしょう。具体的な証拠がなければ、三重島たちを断罪できないわ」

「そのとおりだ。これだと、民政党や三重島個人を攻撃する、ただの紙上裁判に終わってしまう。へたをすれば名誉毀損で、訴えられるのがおちだ。東都へラルドも、そんな記事を載せるわけに、いかんだろう」

「でも、載せなければ残間さんの命は、保証されないわけよね」

「ただの威しでなければな」

美希は、急に食欲がなくなった気がして、弁当を置いた。

「茂田井殺しの捜査本部は、何をしているのかしら。弓削ひかるも、洲走まほろもまだつかまらないなんて、おかしいじゃないの」

「これまでだって、〈百舌〉は一度もつかまったことがない。死ぬことはあってもな」

美希は、口をつぐんだ。

大杉の指摘は、正しかった。

本物の〈百舌〉が消えたあとも、〈百舌〉そのものになりすましたり、〈百舌〉の名をかたったりする者が、絶えなかった。ただし最後には、ほとんどすべての〈百舌〉までいが、死をもって罪をあがなうことになった。

今のところ、そのただ一人の例外は、洲走まほろだ。

それを考えると、〈百舌〉の怨念は決して死んではいない、という気がする。そして、おそらくこれからも、しぶとくよみがえるだろう。たとえ死んでも、いつかは生まれ変わる存在、それが〈百舌〉なのだ。

大杉は、黙々と弁当を食べ続けている。

いらだちを覚えて、美希は問いかけた。

「東都ヘラルドは、この原稿を記事にするかしら」

「今ごろ、社長以下幹部連中がひたいを集めて、どうするか相談してるとこだろう」

「当然、警察にも通報するわよね。少なくとも、所轄の大手町署には」

「それは、分からんな。大手町署に通報すれば、当然警視庁から警察庁を経由して、首相官邸に報告が上がる。もちろん、きみが出向している、公共安全局にもな」

「東都ヘラルドは、十中八九通報するでしょう。単独で判断するほど、度胸があるとは思えないわ」

「その場合、官邸はどういう判断をする、と思う」

「まず、掲載を差し止めるでしょうね。いくら、確たる物的証拠がなくても、載れば党と三重島のイメージダウンは、免れないから。それが分かっていて、手をこまねくはずはないわ」

　大杉は箸を置き、腕組みをした。

「しかし、東都ヘラルドが掲載を控えたところで、方々に同じ原稿がばらまかれたら、結局はどこかが報道しちまうだろう。それなら、最初から東都ヘラルドが掲載するよう、決断すべきだ。残間を助ける意味でもな」

　少し考える。

「もし、東都ヘラルドが注文どおり掲載したら、ほんとうに残間さんは助かるかしら」

　大杉は、ぐいと唇を引き結んで、おもむろに応じた。

「こんなことは言いたくないが、どっちみち残間は助からないだろう、という気がする。たとえ、東都ヘラルドが注文どおりに掲載しても、相手が約束を守る保証はどこにもないんだ。考えてもみろ。どんなかたちにしろ、〈百舌〉が自分と接触を持った残間を、生かして帰すと思うか」

　そう言って、また弁当に手を出す。

美希は、拳を握った。

ことさら、突き放すような大杉の口調に、むっとする。こんなときに、よく弁当など食べていられるものだ。

しかし、そうした見方に一理あることは、認めざるをえなかった。冷静に考えれば、今の時点ですでに残間は死んだも同然、と見るべきかもしれない。

もしかすると残間自身も、それを覚悟しているのではないか。

だからこそ、少しも筆を緩めずにこの原稿を、書いたのではないか。

たとえ、東都ヘラルドの紙面に載らなくても、これがいずれはネットなどで拡散して、世間の知るところとなることを、期待しているのではないか。

そういうもろもろの思いが、この原稿に込められているような、そんな気がした。

深く、息をつく。

ただ一つの希望は、残間がただやられるままにならず、助かるために死力を尽くしてほしい、ということだ。〈百舌〉の正体が、洲走まほろにせよ弓削ひかるにせよ、あるいは二人一緒であるにせよ、相手が非力な女なら残間にもまだ、チャンスがある。

むろん、向こうも体力にまさる残間に対して、まともな手を使うはずがない。残間の抵抗力を奪い、簡単に始末する手段は銃器、麻酔薬、毒物、あるいは毒ガスなど、いくらでもある。

弁当を食べ終わった大杉が、一息にお茶を飲み干して言う。

「残間自身も、ある程度覚悟を決めているはずだ。しかし最後まで、あきらめはしないだろう。そこに賭けるしかないな」

それを聞いて、大杉も同じ思いなのだ、と悟った。

そのとき、テーブルに置かれた携帯電話が、鳴りだした。

大杉が、驚くほどのすばやさでそれを取り上げ、耳に当てる。

「おう、あんたか。待ってたんだ」

その口調から、相手は東都ヘラルドの平庭次郎だ、と見当がついた。

「そうか。わりと早かったな。いや、話はこっちへ来てから、聞かせてもらう。倉木美希も、呼んである。何時ごろ、来られるかな」

大杉は、平庭の返事を聞いてから、電話を切った。

四十分後に、平庭がやって来た。

挨拶がわりと称して、平庭は焼酎のはいった紙袋を、ぶらさげていた。

大杉が言う。

「残間もここへ来るとき、よく酒を持って来たっけな」

しんみりした口調だった。

「過去形で言うのは、やめてくれない」

美希がたしなめると、大杉はばつが悪そうな顔でソファを立ち、キッチンからグラスを運んで来た。

焼酎をついで言う。

「とにかく、残間の無事を祈ろうじゃないか」

口調は軽いが、大杉がしんから残間の心配をしていることは、その硬い表情から察しがつく。

思いは美希も、一緒だった。

一口飲んだあと、平庭が深刻な顔で言う。

「上の方の判断で、少なくとも明日の朝夕刊には載せない、ということに決まりました。時間的にも、余裕がないので」

大杉は、鼻で笑った。

「そんなのは、判断じゃない。ただの先送りだ。長時間の会議で、決まったのはそれだけか」

平庭が、申し訳なさそうな顔をする。

「恥ずかしながら、そのとおりです。二日目、三日目にどうするかは、明日以降の検討課題になります。たぶん、あした警察にこの一件を通報して、善後策を協議することになるでしょう」

「新聞に載せるか載せないかを、警察に決めさせるつもりか」

大杉の詰問に、平庭は眉根を寄せた。

「いや、うちはうちなりの結論を出す、と思います。なまじメモに、警察に届けてもかまわない、と書いてあったのが混乱のもとなんです」

少しのあいだ、沈黙が漂う。

美希は、念のために聞いた。

「送られてきた封筒の、局印はどうなっていたの」

「中央局の消印でした。手紙は、適当に移動してどこからでも投函《とうかん》できるし、参考にはならないでしょう」

「中身の手紙やUSBメモリには、素手で触れていないでしょうね」

「もちろんです。社会部長の佐々木も、最初からビニールの手袋をして、扱いました。わたしたちも、同様です。といっても、さわった人間は限られていますが」

大杉が、口を挟む。

「その前に、残間が送ってきた原稿の内容に対する、社内の反応はどうだったんだ。それを聞かせてくれないか」

平庭の表情が、複雑にゆがんだ。

「あまり、ぴんとくる反応は、ありませんね。結局わたしも含めて、一連の〈百舌事件〉の流れを詳しく知る人間が、だれもいないんですよ。したがって、原稿に書かれたことが事実かどうか、判断できないわけです」

そこで言葉を切り、美希と大杉を見比べる。

「わたしとしては、その評価をむしろ大杉さんと倉木さんに、お願いしたいんですが」

美希は大杉と、目を見交わした。

平庭に、目をもどす。

「確認できない部分もあるけれど、大筋はこの原稿に書かれたとおりだ、と思います。少なくとも、わたしが直接関わった部分については、間違いないわ」

大杉も、うなずいた。

「おれに関しても、同様だ」

「大杉さんやわたしが、以前残間さんに提供した極秘情報が、過不足なく盛り込まれています。残間さんの立場からすれば、単なる伝聞情報にすぎないけれど、大杉さんとわたしにとっては、直接体験であり目撃情報であるわけよね。出るところへ出て、証言することもできるわ」

大杉が、それを補足する。

「つまり国会や、裁判所におおやけに召喚されたときは、という意味だ。今さら、新聞雑誌やテレビのバラエティ番組に、ぺらぺらしゃべる気はないからな」

平庭は焼酎を飲み、ふっと息をついた。

「かりにこの件で、野党から大杉さんと倉木さんに対して、おおやけの場への召喚が求められても、民政党は全力で阻止するでしょうね。それに正直な話、このような古証文を持ち出したところで、世間にどれほどのインパクトが与えられるか、疑問が残ります」

大杉の口元が、引き締まる。

「それがあんたの、正直な意見か」

平庭は、たじろがなかった。

「というか、きょうの会議で大勢を占めた、社としての意見です。まあ、わたし個人としても、もっともな意見だと思います。なぜ今ごろ、犯人が〈百舌〉を気取ってこんな要求を出すのか、理解できないところがあります」

美希と大杉は、もう一度目を見交わした。

確かに、平庭の言うとおりかもしれない。

美希や大杉にとっては、いまだに忘れられない事件であっても、直接関わりのない者にとっては、遠い過去の出来事にすぎないだろう。

まほろにしても、ただ姉のかりほの仇《あだ》を討ちたい、その死をむだにはしたくない、というだけのことで、過去の民政党の陰謀を暴くことなど、二の次なのではないか。

平庭が続ける。

「ただ気になるのは、うちが三日のうちに記事にしないと、ほかのメディアに同じ原稿が送りつけられる、というくだりですね。残間さんも書いていますが、週刊誌などはかならずといっていいほど、取り上げるでしょう。新聞と違って、名誉毀損なんか気にしませんからね」

それはすでに、大杉とのあいだに出た話だ。

「だったら、残間さんの言う先取り特権とやらで、東都ヘラルドが単独で記事にしても、いいんじゃないかしら」

美希の言葉に、大杉も同調する。

「残間の言うとおり、ほかのメディアに送りつけられたら、どこかが報道するに決まっている。警察に通報しようとしまいと、結局表沙汰になるのは免れないだろう」

平庭は、ちらりと大杉の顔色をうかがった。

「うちの紙面でなく、どのメディアに報道されても、効果は同じですよね。それでも〈百舌〉は、東都ヘラルドに載らないかぎり、残間さんを、つまりその、危ない目に、あわせますかね」

最後は言いにくそうに、穏当な言葉を選んだ。

大杉は顎を引き、ソファの背にもたれた。美希に目をくれ、焼酎を飲んで言う。

「そのことだが、東都ヘラルドに載ろうと載るまいと、残間は無事ではすまないと思う」

平庭は、驚いたように、顎を引いた。

その件も、ついさっき大杉と美希とのあいだで、論議されたばかりだ。

「どうしてですか。載せなければ殺す、というのは、載せれば殺さない、ということじゃないんですか」

「そんな仁義を守るようなやつなら、はなからこんなまねはしないよ」

平庭は口を閉じ、喉を動かした。

「それは、つまり」

一度言いよどんでから、あとを続ける。

「どちらにしても、残間さんは助からない、ということですか」

19

三日目が過ぎた。

夕刊の、ぎりぎりの遅版まで待ったが、問題の原稿はついに東都ヘラルドの紙面には、載らなかった。

おそらく、社のトップが警察と協議した結果、記事の差し止めを命じられたのだろう。

むろんそこに、だれかしらの意向が働いていることは、想像にかたくない。

とはいえ、それはこちらにとって想定内のことだから、驚くにはあたらない。一人の男の命より、自分たちのスキャンダルを抑える方がだいじ、ということなのだ。

こうなった以上、約束どおり罰を与えてやらなければ、あとが続かない。それも、できるだけ意表をつくやり方で、やる必要がある。

男はもう、眠っているはずだ。抵抗力を奪うのは、簡単なことだ。

そろそろ、取りかかろう。

＊

女は、飛び出しそうになるほど目を見開き、哀願した。

「やめてください。わたしはただ、あのときに起きたことをそのまま、警察に話しただけよ。よけいなことは、何も言ってないわ」

口に詰められた、タオルのあいだから漏れてくる声は、そのように聞こえた。

「それは、分かっているさ。でも、あんたはこちらの顔を、見たよね。そして警察に、どんな格好でどんな顔をしていたか、詳しくしゃべった」

「しかたがないでしょう、聞かれたんですから。顔を見られたくなかったら、マスクとサングラスでも、してくれればよかったのに」

けっこう強気な物言いに、つい笑ってしまう。

「あんたも、年寄りのだんなが死んで、さっぱりしたはずだよ。介護の必要もなくなったし、遺産はたっぷりはいるとくる。義理の息子は会社の社長で、資産は腐るほどある。遺言書はたぶん、あんたにまるまる遺産がはいるように、書かれているはずだ。そうなったのは、だれのおかげだと思ってるんだ。まあ、ろくにその金を遣わないうちに、あの世へ行ってしまうのは、残念だろうけどね」

見開かれた女の目が、恐怖に揺れ動く。あえぐだけで、もう声が出なかった。

「あんまり、のんびりしてもいられない。このあと、いろいろすることがあるからね」

ポーチに手を入れ、千枚通しと百舌の羽根を取り出す。

一分後、息の根が止まったのを確かめ、ゆっくりと腰を伸ばした。

背後を見返ると、床に長ながと伸びる男の体が、目にはいる。こちらも、処置しなければならない。

あらためて、ポーチに手を入れた。

＊

朝晩が少しずつ、冷え込んできた。

椎野スエ子は、門柱に取りつけられた押しボタンを短く二度、長く一度、さらに短く二度押した。

監視カメラのレンズに、自分の顔がしっかり映るように、首を伸ばす。

いつもなら、スピーカーの向こうで通話ボタンが押され、〈はい、あけます〉と返事があるはずだ。

十秒ほど待ったが、何の反応もない。

不審に思い、もう一度試してみる。やはり、返事がなかった。

スエ子は、腕時計を見た。午前八時少し前だった。いつもなら、とうに起きている時間だ。お手洗いだろうか。

厚い木の門扉はもちろん、門柱の脇に取りつけられたくぐり戸も、邸内のパネルのボタンを操作しなければ、開かないようになっている。

携帯電話を取り出したが、ふと思いついてくぐり戸の取っ手を、押してみた。

すると、意外にもすっと戸が開いた。

ちょっと驚き、一歩さがる。

昨夜、二百メートルほど離れた自宅に帰るため、外へ出てこのくぐり戸を閉じたとき、自動的にロックされる音を聞いた。

そのあと、だれかが解除したのだろうか。ロックされた戸を、外からあけるには電子錠が必要だが、スエ子は帰宅するとき持って出ないので、今は手元にない。

不安を覚えながら、思い切って中にはいった。敷石伝いに、玄関のポーチに上がって、また押しボタンを押す。

今度も返事がなく、しかもドアが簡単にあいた。

ますます、不安になる。静かに玄関にはいり、中に呼びかけた。

「おはようございます。椎野ですが」

なんの返事もない。

スエ子は、奥さま、奥さまと呼びかけながら、式台に上がって廊下を奥へ進んだ。

トイレにもキッチンにも、だれもいなかった。いやな予感がして、膝が重くなるのを意識する。

奥の寝室のドアが、細めにあいているのに気づき、にわかに動悸《どうき》が高まった。

そこはもと夫婦の寝室だったが、不幸があってからはベッドが処分され、空き室になっている。

「奥さま」

声をかけ、返事がないのを確かめてから、そっとドアを押してみた。

ぎくりとして、その場に立ちすくむ。

よれよれのトレンチコートを着た、大柄な男がカーペットの上に背中を見せて、横たわる姿が見えた。眠っているのか、それとも気を失っているのか、身じろぎもしない。

さらにその奥に、もう一人格子縞《こうしじま》のパジャマ姿の男が、これまたうつぶせにぴくりともせず、倒れ伏していた。

あわてふためいて、スエ子は廊下へ逃げ出した。

「奥さま。奥さま」

大声で叫んだが、やはり返事がない。

スエ子は震える手で、携帯電話をつかみ出した。

＊

期限の三日目が過ぎた。

結局、残間龍之輔が送ってきた原稿は、紙面に載らなかった。

大杉良太は、その間まめに平庭次郎に連絡して、東都ヘラルドの対応を確認した。

同社のトップは、残間からＵＳＢメモリが届いた翌日、所轄の大手町署経由で警視庁に、通報したらしい。警視庁は、おそらく警察庁を通じて、民政党本部に報告を上げた、と思われる。当然首相官邸にも、知らせがいったはずだ。

原稿を要約したり、実名を伏せたりして掲載するなど、いくつかの案が示された。しかし残間のメモが、いっさい原稿の編集、改変を禁じているため、いずれも立ち消えになった、という。

むろん、そのあいだにも発信地、発信者の手がかりを求めて、集中捜査が行なわれたはずだ。しかしそれも実を結ばず、全文掲載の決断がくだらぬまま、三日間が過ぎてしまったのだった。

期限が切れて、二日目の朝十時過ぎ。

大杉は、マンションの入り口に近い喫茶店で、菰田英幸とコーヒーを飲んでいた。建主の菰田は、最上階の十一階をそっくり自宅として使い、妻と結婚した娘二人の家族を含めて、合計十人の大所帯で暮らしている。

この界隈《かいわい》は、昔からアジア系の外国人が、多く住むことで知られる。クレドール池袋の入居者も、外国人が全体の四分の一を占める。

昨今、そうした外国人の入居者のあいだに、自国からの旅行者に部屋を貸す、いわゆる民泊業を営む者が、出始めた。

管理組合は、民泊なるものが普及し始める前から、早ばやと不特定多数への又貸し禁止条項を、管理規約に盛り込んだ経緯がある。

それが、このところ管理組合の目を盗んで、民泊業に手を出す入居者が増えたため、その対策をどうするかで、頭を悩ましているところだった。常駐の管理人だけでは処理できず、菰田が違反者への退去通告を含む対応を、大杉に相談してきた次第なのだ。

その打ち合わせの最中に、携帯電話が鳴った。

平庭からの着信と分かり、大杉は急いで喫茶店の外に出た。

ボタンを押し、受話口を耳に当てる。

「大杉だ。何かあったか」

「ありました」

短く、そう答えた平庭の沈んだ声に、身が引き締まる。

「残間の消息が、分かったのか」

「はい」

大杉は焦り、携帯電話を握り締めた。

「どうしたんだ。無事なのか、それとも」

そこで、声をのんでしまう。

平庭は言った。

「ついさっき、世田谷南署から社に連絡があって、捜索中の残間さんが見つかった、と知らせてきました」

「世田谷南署から」

「そうです。先日殺された、茂田井滋の自宅で見つかった、ということでした」

「茂田井の家だと」

「そうです。残間さんと一緒に、茂田井早智子の遺体も見つかったそうです」

「茂田井早智子の」

絶句する。

ばかの一つ覚えのように、おうむ返しを連発する自分に気がついて、大杉は大きく息をついた。

「どういう状況か、教えてくれ」

「今、連絡を受けて社から世田谷南署へ、車を飛ばしているところです。詳しいことが分かったら、できるだけ早く電話します。すみません、別の電話がはいったので」

そのまま平庭は、通話を切った。

携帯電話を握ったまま、大杉はその場に呆然と立ち尽くした。

恐れていた、最悪の事態になってしまった。

確かに、たとえ記事が掲載されたとしても、残間がかならず生きて解放される、という保証はどこにもなかった。それはすでに、覚悟していた。

しかし、心の中でいちるの望みを抱いていた大杉は、東都へラルドと警察が残間を見殺しにしたことに、〈百舌〉に対するのと同じくらい、というよりそれを上回る、激しい怒りを覚えた。

店に引き返し、菰田に急用ができたと断わりを言って、事務所にもどる。

これまでになく気持ちが落ち込み、ほとんど足がなえそうだった。

ある程度、覚悟していたことは事実だが、かりにも長年の盟友だった残間が、ほんとうに死ぬなどとは、考えてもいなかった。

いや、と思い直す。

平庭は、茂田井の自宅で残間が見つかった、と言ったのだ。死んだのなら死んだと、はっきり言うはずではないか。

現に、茂田井早智子については、遺体が見つかったと言った。あるいは大杉に気を遣って、はっきり言わなかったのだろうか。

そのようなデリカシーを、平庭が持ち合わせているかどうか、急には判断できない。

あまり気は進まないが、倉木美希にも状況を知らせる必要がある。

いつものように、ひとに聞かれないところから電話をくれ、とメールを打った。

美希から電話があったのは、コンビニで簡単な食料を仕入れて、事務所にもどったときだった。

平庭からの連絡を、手短に伝える。

美希も、話を聞いてひどく落ち込んだが、いちるの望みをつなぐように言った。

「でも、残間さんがほんとうに殺されたかどうか、まだはっきりしないわけね」

「そういうことだ。そろそろ平庭から、続報がはいってもいいころだが」

少し黙ってから、美希が続ける。

「だけど、茂田井早智子を手にかけるなんて、〈百舌〉らしくないわね。いくら、茂田井の奥さんだったからといって、一連の事件には関わりのない人でしょう」

大杉は、深く息をついた。

「おれたちが、かつて〈百舌〉と呼んでいた男は、もうこの世に存在しないんだ。残ってるのは、抜け殻だけさ」

美希の沈黙は、さっきより長かった。

「だとしたら、わたしたちもきっと過去のわたしたちの、抜け殻にすぎないわね」

大杉は苦笑した。

「なかなか、哲学的なことを言うじゃないか」

「そうね。自分が、なんというか、ショーペンハウエルの母親になったみたいな、そんな気分よ」

「確かに、ショーペンハウエルとやらにも、母親はいただろうな」

せめて、つまらぬ冗談の応酬でごまかさなければ、気持ちをやり過ごせなかった。

平庭から、メールによる続報の着信があったのは、午後三時ごろだった。

大杉はそのとき、菰田の要請で一階上の四階に住む、李建華《りけんか》なる中国人女性の部屋に、向かう途中だった。

孤田によれば、李建華の部屋には不特定多数の、キャスターつきのスーツケースを引いた女が、入れ替わり立ち替わり出入りしているそうだ。明らかに、民泊を営んでいると思われるので、李建華の部屋に行って証拠を押さえてほしい、と頼まれたのだった。

もし、民泊中の女が在室していたら、うむを言わせず現場写真を撮ろうと、携帯電話を取り出したときに、平庭からのメールが届いた。

〈できるだけ早く、玉川瀬田《たまがわせた》病院にお越しください。着くころに、メールかお電話いただければ、ロビーでお待ちします〉

メッセージはそれだけで、病院の所在地と電話番号が、添えてあった。

用だけでもすませようと思い、李建華の部屋のチャイムを鳴らした。三度鳴らしたが、応答がなかった。

不在か居留守か分からないが、勝手にこじあけるわけにもいかず、そのまま事務所にもどった。

つかの間、美希にも声をかけようかと迷ったが、やめにした。

病院に来てくれとは、少なくとも残間にまだ息がある、ということではないか。

希望的観測だが、そう思いたい。まさか、霊安室でもあるまい。この際それは、考えないことにする。

パソコンで病院の場所を確認し、地図をプリントアウトした。

環八《かんぱち》と玉川通りがぶつかる、瀬田の交差点から西へ数百メートルの位置だが、電車の便がはなはだ悪い。

村瀬正彦の都合がつけば、車で送ってもらうこともできるのだが、きょうは夕方まで授業がある、と言っていた。

山手線《やまのてせん》と東急田園都市線を乗り継ぎ、用賀《ようが》の駅でおりてタクシーに乗った。

玉川瀬田病院に着いたのは、そろそろ四時半になるころだった。車の中で電話しておいたので、平庭はロビーの入り口で待機していた。

開口一番、大杉は言った。

「遠くまで来たんだ。悪いニュースは聞きたくないぞ」

平庭は、ネクタイの結び目をつまみ、ぐるりと顎を回した。

20

「安心してください。悪いニュースじゃありません」

平庭次郎の返事に、とりあえずはほっとする。

大杉良太は、肩の力を抜いた。

「それを先に、言ってくれたら、よかったんだ」

安堵《あんど》のあまり、声が途切れそうになる。

その様子に、硬かった平庭の表情が、初めて緩んだ。

「捜査本部に着いたとき、捜査員が何も答えてくれなかったものだから、わたしもてっきりだめだった、と思ったんです。しつこく聞いてみると、救急車で運ばれた、としぶしぶ教えてくれました。それで、少なくとも息はあったんだ、と見当がついたわけです。ただ、どういう状態なのか分からないし、あまり希望的観測を口にするのも、どうかと」

くどくどと説明するのを、大杉は手を上げてさえぎった。

「要するに、まだ生きている、ということだな」

平庭は、ふたたび頰を引き締めて、力強くうなずいた。

「そういうことです」

それを聞いて、大杉は深く息をついた。

残間龍之輔は、生きている。

文字どおり、胸をなでおろすという気持ちが、身にしみて分かった。不覚にも、涙ぐみそうになる。

平庭が、親指でロビーを示した。

「中にはいりましょう。捜査本部で、これまでに聞き出した事件の状況を、ざっとお話しします。残間さんは、まだ面会を許されていないので、急ぐ必要はないですから」

とりあえず、無事と分かればそれでいい、と自分に言い聞かせる。

場所こそいささか不便だが、ここは一応設備の整った総合病院らしく、建物もわりと新しい。

時間帯のせいか、ロビーはさほど込み合っていなかった。

平庭は、じゃまがはいらない隅の方のソファに、大杉を導いた。

声をひそめて、話し始める。

「茂田井が殺されたとき、顔つなぎのできた世田谷南署の刑事が、今度もオフレコで教えてくれましてね。大杉さんは、茂田井家で家事の手伝いをしている、椎野スエ子という女性を、ご存じですか」

大杉は背筋を伸ばし、腕を組んだ。

その名前は、聞いたことがある。

「椎野スエ子は、確か茂田井が殺されたとき、あの家で働いていた女だろう」

「そうです。実は、茂田井が亡くなったあとも、椎野スエ子はずっと夫人のもとで、手伝いを続けていました。彼女が、けさ八時に茂田井の家に出勤すると、どうも様子がおかしい。ふだんはインタフォンで、夫人にロックを解除してもらってから、中にはいることになっていた。ところが、けさはいくらボタンを押しても、インタフォンに応答がない。取っ手を試してみると、くぐり戸も玄関ドアもロックが解除されて、開放状態になっていたそうです」

平庭の話によれば、次のような次第らしい。

椎野スエ子は、不安を覚えつつ玄関にはいり、夫人を呼んだ。しかし、返事がないため廊下に上がり、奥へ様子を見に行った。

もと、茂田井夫婦の寝室だった洋室をのぞいたところ、なんとそこに二人の男が倒れていた。一人は、トレンチコートを着た、大柄な男。もう一人はパジャマ姿の、がっしりした体格の男だった。

予想外の光景に、すぐに事件だと直感したスエ子は、あわてて携帯電話を取り出した。しかし、何はさておき夫人の安否を確かめなければ、と思い直した。

スエ子は大急ぎで、ほかの部屋を見て回った。

その結果、例の事件のあと寝室にしていた和室で、布団にうつぶせに倒れた夫人を、発見した。

夫人の盆《ぼん》の窪《くぼ》には、千枚通しが突き立っていた。

動転しながらも、すぐにスエ子は一一〇番通報した。

以上が、捜査員から平庭が聞き出した、スエ子の供述だった。

通報を受けるなり、世田谷南署の茂田井滋殺害事件捜査本部から、捜査員が現場に駆けつけた。

茂田井早智子は、すでに息がなかった。

その後の検死で、早智子は前夜午後十一時ごろから、午前三時ごろのあいだに死亡したもの、と推定された。

一方、別室に倒れていた二人の男は、いずれも意識を失っただけで、まだ息があった。

二人のうち、トレンチコートの男は残間龍之輔、パジャマ姿の男は鳥藤和一、と判明した。

そこまで聞いて、大杉は口を挟んだ。

「鳥藤和一、というのは確か死んだ茂田井の、秘書だった男だな」

前回の事件のおり、その名前を耳にした覚えがある。

「そうです。鳥藤は、椎野スエ子と同じく茂田井の死後も、夫人の雑用係というか警備担当というか、要するに用心棒みたいなかたちで、働いていたようです」

大杉はあきれて、首を振った。

「結局のところ、そいつは用心棒の役をまったく、果たせなかったわけだな。茂田井の場合も、今度の場合も」

平庭も苦笑する。

「そういうことになりますね。不意をつかれたのか、抵抗した様子もなかった、ということです。鳥藤は元警察官だとかで、ずぶの素人じゃないはずなんですがね。椎野スエ子によると、ごついわりに細かいことに気の回る、秘書の仕事に向いた男だったそうです。茂田井夫婦にも、頼りにされていたらしい」

鳥藤が元警察官だとは、知らなかった。

いくら不意をつかれたにせよ、早智子を守れなかったのは不手際、というよりむしろ不名誉だろう。

「残間も鳥藤も、怪我《けが》はしてなかったのか」

「負傷はしていますが、今のところ命に別状はないようです。意識がなかったのは、麻酔薬でやられたためらしい、ということでした」

それを聞いて、もう一度ほっとする。

ただなんとなく、引っかかるものがある。

「しかし、ちょっとおかしくないか。状況からして、鳥藤は早智子が殺される直前、ないしは直後に麻酔薬で、眠らされたはずだ。残間の場合は、ほかの場所から運び込まれる前に、麻酔をかけられたに違いない。早智子の死亡推定時間からすると、二人ともずいぶん長いこと、眠っていた勘定になる。椎野スエ子が発見したとき、二人ともまだ意識がなかったんだろう。一度で五時間以上も効く、そんな強い麻酔薬があるものかね。ボンベでも使って、何度かかけ直せば話は別だが、そんな余裕はなかったはずだ」

平庭も、首をひねった。

「そう言われれば、そうですね。あるいは、麻酔薬の濃度を変えることで、持続時間を縮めたり延ばしたり、できるのかもしれない。どちらにせよ、二人から事情聴取できるようになれば、はっきりするでしょう」

大杉は、考え込んだ。

確か、山口タキこと洲走まほろは、看護師の資格を持つとかいう話を、聞いた覚えがある。それが事実ならば、そのあたりの知識があるのかもしれない。

思い出したように、平庭が付け加える。

「そうだ、肝腎なことを、忘れていた。茂田井早智子の、寝間着の後ろ襟に小さな鳥の羽根が、差し込んであったそうです」

大杉はわれに返り、平庭を見返した。

「もしかして、百舌の羽根か」

「たぶん、そうだと思います。どっちみち、公表はされないでしょうが」

その返事に、大杉は首をひねり、唇を引き結んだ。

これまでの経緯からして、百舌の羽根以外にはあるまい。

倉木美希も電話で言っていたが、早智子は茂田井の後妻というだけで、一連の〈百舌事件〉には一度も、関わっていない。

それだけに、死体に百舌の羽根が残されたのは、場違いな感じがした。

「残間と鳥藤の方には、何も残ってなかったのか」

「と思います。残っていたら、捜査員もそう言ったはずです」

大杉は、また考え込んだ。

鳥藤はともかく、なぜ〈百舌〉が茂田井早智子を殺しながら、残間の息の根を止めなかったのか、不思議だった。

残間は手紙に、例の原稿が東都ヘラルドに掲載されなければ、自分の死亡通知が届くことになる、と書いていたはずだ。

それにもかかわらず、無事に生還した。

残間が助かった、という安堵感は確かに大きいし、何よりの朗報には違いない。

しかし一方で、なぜ殺されずにすんだのかという、素朴な疑問もないではなかった。〈百舌〉気取りの洲走まほろは、いったい何を考えているのか。あるいはそこに、弓削ひかるのなんらかの意志が、働いているのか。

正直なところ、そのことがひどく気になった。

それを片隅へ追いやり、別の疑問を口にする。

「残間は、〈百舌〉の手でどこかほかの場所に、監禁されていたはずだ。〈百舌〉は、あのでかい残間を茂田井の家まで、どうやって運んだんだろうな」

平庭は腕を組み、大杉を見返した。

「茂田井殺しのあと、残間さんからひととおり〈百舌〉について、話を聞かされましてね。それで、送られてきた残間さんの原稿が、わりとすんなり頭にはいったわけです」

平庭が、何を言おうとしているのか分からず、少しとまどう。

平庭は、話を続けた。

「茂田井殺しは、以前三重島茂の別邸で働いていた、弓削まほろと山口タキという、二人の女のどちらかのしわざだ、と残間さんは言っていました。ほんとうですか」

一瞬、答えあぐねる。

しかし、事ここにいたれば平庭にも、ある程度詳しく事情を明かす必要がある、と考え直した。

だいぶ前にやめた煙草《たばこ》を、急に吸いたい気分になる。

一瞬、席を立って買いに行こうか、とまで考えた。

しかし、かろうじて思いとどまった。そんなことをすれば、長年の禁煙の誓いが破れてしまい、これまでの努力が水の泡になる。

あきらめて、口を開いた。

「残間に、まだ話していないことも含めて、大筋を話しておこう。今のところ、倉木美希とおれだけが共有している、極秘の情報だ。他言は無用だぞ」

平庭は、頰を引き締めた。

「分かりました。うかがいます」

美希から聞いた、山口タキこと洲走まほろと、弓削まほろこと弓削ひかるの、秘められた関係も含めて、これまで外部に流れていない情報を、あらまし話して聞かせる。

平庭は口を挟まず、真剣な顔で耳を傾けていた。

「要するに、茂田井殺しと茂田井夫人殺しは、まほろないしはひかる、あるいは二人の共謀ではないか、と考えるべき理由がある。ただ確証がないから、おれたちは便宜的に犯人を、ただ〈百舌〉とだけ呼ぶことにしている。昔の〈百舌〉とは、だいぶ趣が違うがね」

大杉が締めくくると、平庭はほっと息をついた。

「お話をうかがって、残間さんが書いた原稿のさらに背後が、見えてきた気がします」

「詳しく話せばきりがないから、当面は大筋だけにしておく。細かいところははしょったが、それもおいおい話すことにするよ」

「よろしくお願いします」

平庭は、そう言って頭を下げたが、すぐに話をもどした。

「どちらが犯人にしても、女一人では残間さんを茂田井の家に、運び込めないでしょう。女二人でも、楽な仕事じゃありませんよ。残間さんが、自分で歩いたというのなら、話は別ですが」

それを聞いて、わけもなくぎくりとする。

しかし、すぐに邪念を振り払って、話を進めた。

「捜査本部も、犯行当夜の茂田井家周辺の目撃情報を、当たっているはずだ。そのうち、何か分かるんじゃないか」

「まほろかひかるか、どちらか一人でも所在が分かれば、はっきりするでしょうが」

「捜査本部が、本腰を入れて仕事に取りかかれば、なんとかなるかもしれん」

そうはならないだろう、と思いながら大杉は言った。

平庭が腕時計を見る。

「そろそろ、病室に上がりましょうか」

大杉も反射的に、時間を確かめる。

すでに五時を回り、外には夕闇が迫っていた。

「おう、そうだな」

それから、平庭に目をもどす。

「もう一つ、教えてくれ。つまりその、残間が無事だったのはありがたいが、どの程度の負傷なんだ。あくまで、念のために聞くんだが」

平庭は、視線を伏せた。

「それは大杉さんご自身の目で、確かめていただいた方がいい、と思います」

持って回った言い方だ。

「生きてるなら、手足の一本ぐらいなくなったって、驚きはしないがな」

いかにも、ひとごとのように冗談めかして言うと、平庭は首を振りふりソファから腰を上げた。

「とにかく、病室に行きましょう」

21

大杉良太は、平庭次郎について、六階に上がった。

いちばん奥の個室が、残間龍之輔の病室だという。

廊下に面した、曇りガラスの広い窓の一角に、円く透明な部分がある。そこから、中をのぞくことができるようだ。

ドアの前で、立ち番をする制服警官が、二人に目を向けてきた。

すでに顔が通じているらしく、平庭は軽く手を上げて挨拶すると、大杉をのぞき窓に導いた。

大杉はそこに顔を寄せ、ガラス越しに中をのぞいた。

思ったより、こぢんまりした病室だった。

左腕に管をつながれた男が、ベッドに横たわっている。

シーツにくるまれた、大柄な体は残間らしくも見えるが、はっきりそうだとは言い切れなかった。

なぜなら、顔の上半分が分厚いガーゼで、おおわれていたからだ。

不安で、体が熱くなる。

「目をつぶされたのか」

平庭は、首を振った。

「いや、つぶされてはいません。上下のまぶたを、縫い合わされていただけです」

大杉は驚いて、顎を引いた。

もしかすると、という不安を覚えていたものの、さすがにショックだった。

あの茂田井も殺された上、まぶたを縫い合わされていた。それを思えば、残間は殺されなかっただけ、まだしもといえるかもしれない。

とはいえ、頭の中が真っ白になった感じで、急には言葉が出なかった。

この仕打ちは、明らかに〈百舌〉からのメッセージ、とみてよい。

殺されなかったのは、不幸中の幸いというべきだろう。しかし〈百舌〉が、単に残間にあわれみをかけて、殺すのを思いとどまったとは、考えられない。あるいは、残った者たちへの警告だとしても、いささかやり方がくどすぎる。

そういえば、茂田井早智子の場合は、どうだったのか。

大杉の顔色を見た平庭が、心中を察したように付け加える。

「ちなみに、茂田井早智子のまぶたは、縫い合わされていませんでした。それに、鳥藤和一も」

「そうか。残間だけか」

「わたしも、そこにちょっとちぐはぐなものを、感じたんですがね」

大杉は、首筋をこすった。

「わけが分からんな。〈百舌〉が、残間を殺さずにおいたのは、まだ利用価値があると思ったから、という気もするが」

眠っているのか、残間の体は動く気配がない。

大杉は力なく、窓の下のベンチに、腰を落とした。

平庭も、隣にすわる。

ふと思い出して、大杉は聞いた。

「ところで、鳥藤の方はどうだったんだ」

「後頭部に、挫傷を受けていたようです。鳥藤の体のそばで、砂を詰めた四十センチくらいの、細長い革袋が見つかったと言ってました。麻酔でやられる、前かあとか分かりませんが、そいつで首筋を強打されたらしいです」

「ブラックジャックか」

大杉が聞き返すと、平庭はとまどいの色を浮かべた。

「ブラックジャックというと、カードゲームの」

「違う。革袋の中に、砂とかパチンコの玉を詰め込んだ、手製の武器のことだ。知らないのか」

平庭は、首をこきんと鳴らして、人差し指を立てた。

「そういえば、かなり昔そんなのが出てくる映画を、見たことがありましたっけ」

つい、苦笑する。

考えてみれば、最近ブラックジャックなど見かけなくなったし、名前そのものもカードゲームに奪われて、忘れ去られたようだ。

「それで、鳥藤は今、どうしてるんだ」

「残間さんと一緒に、この病院へ搬送されたそうですが、たいした傷じゃないらしくて、もうここにはいません。世田谷南署へ身柄を移され、事情聴取されているはずです」

用心棒の役は果たせなくても、体の方は丈夫にできているらしい。

平庭は、しばらく沈黙したあと、慰めるように言った。

「医者によると、残間さんがちゃんと話せる状態になるのは、あしたの朝だそうです。そのころ、また出直していただけませんか」

大杉は、ため息をついた。

「うん、そうしよう。倉木美希にも、知らせなきゃならんしな」

そう応じてから、ふと思いついて言う。

「しかし、社員がこんな目にあったというのに、東都へラルドから駆けつけたのは、あんただけか。社長が見舞いに来たって、ばちは当たらんはずだぞ」

平庭は、居心地悪そうに、眉根を寄せた。

「今回の件は、残間さんが行方不明になったことから、USBメモリを送ってきたことまで、すべて伏せられたままなんです。騒ぎ立てるとまずい、ということでしょう。警察からも、そうするように指示されています」

最後の部分は、立ち番の警官を意識したとみえて、声がひそめられた。

東都ヘラルドが、早ばやと警察に相談したという話は、平庭から聞いた。

結局、原稿が記事にならなかったのは、警察が掲載を差し止めるよう指示し、社の上層部もそれに従った、ということだろう。

そのあたりの経緯については、平庭もさすがに漏らせなかったらしく、大杉には何も報告がなかった。

「警察に届けたのは、要するに社としての判断ができなかった、ということだな」

平庭は、不承不承という感じで、小さくうなずいた。

「ええ。わたしは、少なくとも警察に通報する前に、うちなりの方針を打ち出すはずだ、と考えていました。しかしそれは、見込み違いでした。結局のところ、社内ではどう対応したらいいか、方針が決まらなかった。それで、ＵＳＢメモリが届いてから二日目に、取締役編集局長と社会部長が、直接大手町署の署長に面会して、相談することになったんです」

「せめてそのとき、社としてはこう対処したいという、方針を打ち出せなかったのか」

平庭は、肩を落とした。

「残念ながら。結局は、残間さんの原稿を掲載するかしないか、二つに一つの選択でしょう。社長も含めて、その判断の責任を負える者が、だれもいなかったわけです」

「なるほど。警察に預ければ、その責任を負わずにすむからな。結果がどうあれ、東都ヘラルドも警察も、残間を見殺しにしたんだ。そのことに、変わりはない。そうだろう」

大杉の容赦ない追及に、平庭はゆっくりと顔面を紅潮させ、膝の上で拳を握り締めた。

「おっしゃるとおりです」

その顔色を見て、大杉は言いすぎたことに、気がついた。

「すまん。あんたが、それに納得しなかったことは、分かってるよ」

「しかし、止められなかったわけだから、わたしも同罪です」

吐き出すような口調だった。

少し間をおく。

「いくら上層部が箝口令をしいても、まわりにいる社会部の連中の口には、戸を立てられないだろうな」

平庭は拳を開き、膝がしらをつかんだ。

「まあ、そのあたりは社員の良識に任せるしか、方法がありませんね」

それから思い出したように、また腕時計を確かめる。

「ちょっと、ロビーへもどりませんか。とりあえず、社会部長の佐々木がおしのびで、様子を見に来ることになってますので」

大杉は、もう一度のぞき窓から残間の様子を見て、何も変化がないことを確かめた。

ロビーにおり、先刻の席にもどる。

すっかり日が暮れ、人の姿はさらに減っていた。

腰を落ち着けるなり、平庭は話を続けた。

「二日前、大手町署に行った編集局長と社会部長が、署長に残間さんの手紙や原稿のコピーを手渡して、ひととおり事情を説明しました。しばらく待つように言われて、応接室で待機していたところ、一時間もしないうちに警察庁から、特別監察官室の室長が大手町署へ、駆けつけて来たそうです」

さすがに驚く。

「特別監察官室の室長だと。なんというやつだ」

「サカキバラ・ケンスケ。サカキバラは、ふつうの榊原《さかきばら》。それに謙遜の謙と、残間さんと同じスケだそうです。署長から報告を受けて、すっ飛んで来たんでしょう」

榊原謙輔《けんすけ》か。

首都警備保障の現社長、稲垣志郎が退職してから二代あとの、特別監察官室の室長だ。倉木美希は、公共安全局へ出向するまで、榊原の下にいた。したがって大杉も、名前だけは承知している。

その榊原が、いきなりこの事件に首を突っ込んでくるとは、ただごとではない。

おそらくは稲垣、あるいはそのずっと前の代から、一連の〈百舌事件〉についての極秘情報が、申し送りされてきたに違いない。

それはつまり、背後に三重島茂の意向がひそんでいる、ということだろう。ある程度予想はしていたが、そのすばやさにはあきれてしまう。

平庭は、さらに続けた。

「編集局長と社会部長は、その榊原という室長から対応について、いろいろと細かいアドバイスを、受けたそうです」

大杉は、鼻で笑った。

「それは、アドバイスじゃない。問答無用の要請、つまりは頭ごなしの命令だろう」

平庭も、眉をひそめる。

「お見通しですね。佐々木社会部長の話では、絶対に掲載してはならないという指示に、終始したらしいです。掲載してもしなくても、残間記者が無事にもどる可能性は、限りなくゼロに近い。だとしたら、いたずらに根拠のない記事を載せて、世論を惑わすのは得策ではない、というのが榊原室長の意見だったそうです」

どっちみち、残間は助からないと読んだところまでは、大杉と同じだった。

しかし榊原は、それならいっそ載せた方がいい、という大杉の考えと正反対の指示を、出したわけだ。

そのこと一つをとっても、裏に三重島の存在をうかがわせる気配が、漂ってくる。

「犯人のメッセージは、もう一つあったはずだ。記事を載せなければ、残間の命がなくなるばかりか、ほかのメディアに同じメモリをばらまく、というやつがな。そっちの方の対策は、どうするんだ」

大杉の問いに、平庭はむずかしい顔をした。

「ほかのメディアは、記事の内容が事実かどうか検証する手段を、持っていない。当然、民政党や三重島幹事長に取材を申し入れたり、コメントを求めたりするでしょう。その場合党は、残間原稿がまったく根拠のないものである、という説明で押し通す。相手が、それにもかかわらず報道したときは、記者クラブから追放する強硬手段をとるとか、場合によっては法的手段に訴えることも、辞さない。党にはそう回答するよう、警察庁からアドバイスするそうです」

平庭の説明に、大杉はうなずいた。

警察庁というより、実質的には三重島の指示に違いない。どちらにしても、民政党にとってそれ以外の対応は、ありえないだろう。

「当然、東都ヘラルドにも問い合わせが、殺到するだろうな。まして、当の残間が殺人現場に倒れていた、となればなおさらだ。覚悟しといた方がいいぞ」

大杉の指摘に、平庭は肩をすくめた。

「全社ノーコメントで、押し通すしかないですね」

考えてみれば、当事者の残間が在籍する東都ヘラルドと違って、ほかのメディアはなんの関わりも持たぬ、ただの無邪気な第三者だ。これまでの、〈百舌事件〉の流れを詳しく知る者は、だれもいない。残間の原稿はまさに、寝耳に水の情報といってよい。

報道するメディアがあるとすれば、記者クラブに加盟していない週刊誌、月刊誌のたぐいだろうが、警察も東都ヘラルドも黙殺する以外に、対処法はあるまい。

大杉は、もう一つ質問した。

「もし、〈百舌〉の予告どおり残間が殺されたら、榊原はどうするつもりか言ったのか」

平庭が、軽く顎を引く。

「そのときは、通常の殺人事件として捜査する、と答えたらしいです。幸い、残間さんは殺されずにすみましたが、茂田井滋に続いて奥さんまで殺されたとなると、きな臭いにおいが立つのは、止めようがない。捜査本部は、民政党や警察庁からますます、尻をひっぱたかれたり、締めつけられたりするでしょうね」

そのとき、姿勢のいい中年の男がせかせかと、ロビーにはいって来た。半白の、豊かな髪を襟元まで伸ばし、黒縁の眼鏡をかけた男だ。

それを見て、平庭は言った。

「ああ、来ました。ご紹介します」

大杉は平庭と一緒に、ソファを立った。

平庭を見つけて、男が背広の裾を引っ張りながら、やって来る。

「どうだ、残間の具合は」

そう声をかけてから、初めて気がついたように、大杉を見た。

平庭が、口を開く。

「意識はもどりましたが、今は眠っているところです。医者は別に心配ない、と言っています」

それから男を、大杉に紹介した。

名刺を交換する。

男の名刺には、編集局社会部部長、佐々木治雄とあった。

佐々木が言う。

「大杉さんのことは、平庭から聞いています。残間くんとは、古いお付き合いだそうですが、今度の件では何かと相談に乗っていただいて、ありがとうございます」

大杉が漠然と抱いていた、社会部の部長のごついイメージより、はるかに紳士的な態度物腰だった。

「こちらこそ、残間さんにはいろいろと、お世話になっています。無事だと知って、わたしもほっとしました。今後とも、よろしくお願いします」

珍しく、言い慣れないことを口にしたので、舌がもつれそうになった。

佐々木と平庭が、エレベーターホールへ向かうのを見送り、大杉は病院を出た。

22

翌朝。

大杉良太は、同じマンションに住む村瀬正彦のポルシェに乗って、一緒にマンションを出た。

前夜のうちに、大杉は村瀬にこの日の都合を、電話で問い合わせた。もし、車を使う予定がないなら、借りようと思ったのだ。

村瀬によれば、美術学校の授業は午後三時からで、それまでは車を使う予定がない、という。大杉は、手短に残間龍之輔の件を説明し、車を使わせてほしいと頼んだ。

すると、村瀬も残間の見舞いに行きたい、と言いだした。

大杉の方は、村瀬が自分で車を運転してくれるなら、願ったりかなったりだ。そこで、同行してもらうことにした次第だった。

村瀬も残間も、大杉とはそれぞれ長い付き合いになるが、二人が直接顔を合わせたことは、一度もない。つい先日、京橋のバー〈鍵屋〉で初めて、引き合わせるつもりでいたのに、残間が拉致されて現われなかったため、実現しなかったのだった。

とりあえず、調布市《ちょうふし》の布田へ回ってもらい、ハイライズ調布で倉木美希を乗せる。

美希にも、前夜連絡して残間のことを伝え、一緒に病院へ行く手筈をつけてあった。

村瀬と美希も、初対面だったことを思い出して、大杉は車が走りだす前に、二人を紹介した。大杉を通じて、二人とも互いの存在を知っていたから、打ち解けるのに時間はかからなかった。

ナビによれば、布田から玉川瀬田病院までは、直線にして十キロ足らずの距離だ。位置的には、多摩川に合流する野川《のがわ》を斜めに挟んで、茂田井の屋敷と一キロ半ほどしか、離れていない。

大杉は、美希と並んで後部座席にすわり、前日平庭次郎から聞かされた話を、詳しく報告した。むろん、運転する村瀬にも承知しておいてもらう、という含みだ。

茂田井早智子が、自宅で死体となって発見されたことは、前日の夕刊やテレビ報道で、ごく簡単に伝えられていた。

この日の朝刊にも、かたちばかり続報が載ったものの、たいした進展はなかった。

とはいえ、同じ現場で鳥藤和一と残間龍之輔が、意識不明のまま発見されたことは、一応報道されていた。

ただ、秘書だった鳥藤はともかくとして、東都ヘラルドの記者の残間がなぜ、その場にいたかについては、いっさい解説がなかった。東都ヘラルドの記事ですら、その点に一行も触れていないのは、少なからず奇異の念を抱かせた。

捜査本部が、それについて詳しい説明をせず、記者の質問にも応じなかったことは、明らかだった。

東都ヘラルドにも、当然問い合わせや取材がはいったはずだが、前日平庭が言ったとおり、ノーコメントで押し通したに違いない。

残間の存在は、この事件を巡る報道からはずされてしまった、といってもよい。

美希が言う。

「捜査本部の隠蔽ぶりも、かなり徹底しているわね。でも、ネットでだれかが書き込んだりしたら、どうするのかしら」

「書き込むやつがいるとしたら、捜査本部の関係者か東都ヘラルドのだれかと、すぐに見当がつく。だれも、そんな危険は冒さないだろう」

「〈百舌〉自身が、書き込むかもしれないわよ」

大杉は、虚をつかれた。

「そんなことをすると、足取りを追われる恐れがある。危ない橋は、渡らないさ」

美希が、冗談めかして言う。

「もちろん、あなたもわたしもそんなばかなまねは、しないわよね」

「ぼくもしませんよ」

これは村瀬だ。

しばらく、沈黙。

また美希が、口を開いた。

「残間さんを殺さずに、まぶただけ縫い合わせるなんて、〈百舌〉も中途半端なことをするわね」

「やることが全部、中途半端なんだ。そもそも、〈百舌事件〉にまったく関係のない、茂田井のかみさんを殺すなんて、筋違いもいいところさ」

「筋からいえば、三重島茂をねらうのがまっとうよね。三重島こそ、姉のかりほを利用したあげく、死に追いやった張本人なんだから」

大杉は、シートに深くもたれた。

「洲走かりほも、したたかな女だった。ただ、そのしたたかさにはそれなりに、筋が通っていた。だからある程度、先を読むこともできた。しかし、まほろの場合はどこにねらいがあるのか、先を読めない怖さがある」

「気になるのは、まほろより弓削ひかるの方だわ。わざわざ、自分が三重島の隠し子だとか、かりほとただならぬ関係にあるとか、そんなことをなぜわたしに打ち明けたのか、分からないのよね」

「今でも二人は、一緒に行動してると思うか」

「それも、分からないわ。ひかるは、自分がまほろの罠にはめられて、茂田井殺しの容疑者にされた、と主張しているし」

「それにしても、いまだに二人とも足取りがつかめないとは、どういうことだ。それどころか、新しい犠牲者を出しちまった。捜査本部の連中は、やる気がないんじゃないか」

美希は、何も言わなかった。

大杉も、口をつぐむ。

かつては、自分も殺人事件の捜査にたずさわる、警察官の一人だった。

出向中とはいえ、美希はいまだに原籍は警察庁だから、大杉以上に複雑な心境だろう。

やがて、美希が言う。

「洲走まほろも弓削ひかるも、一時は三重島の庇護《ひご》下にあったわけよね。それが、今でも捜査に影を落としている、ということじゃないかしら」

それは大杉も、考えないではなかった。

「茂田井殺しは、三重島が直接指示したかどうかはともかく、三重島を利する結果になったのは確かだ。そのために、捜査に力《りき》がはいらないことも、考えられる。しかし茂田井早智子殺しは、三重島の意向とは思えないよな」

「そうよね。三重島からすれば、茂田井早智子より残間さんの方を、始末してほしかったでしょう」

「そのとおりだ。あるいは洲走まほろが、本来の〈百舌〉らしさに目覚めて、三重島の意向に逆らった、ということになるかな」

美希が首をひねる。

「さあ、どうかしら。わたしは、洲走まほろになんらかの主義主張がある、とは思えないの。姉のかたきを討つつもりなら、こんな回り道はしないでしょう。ひとことでいえば、まほろはただの殺人マシーンにすぎない。そんな気がするわ」

きっかり三十分で、病院に着いた。

あらかじめ、メールで知らせておいたので、平庭次郎がロビーに待機していた。

朝方のせいか、病院はかなり込み合っていた。あいた席がないので、やむなく奥のティールームに行く。そこも込んでいたが、なんとかすわれた。

コーヒーを頼み、平庭に村瀬を紹介してから、残間の様子を聞く。

平庭は、しかつめらしい表情で、応じた。

「医者によれば、もう意識の混濁はほぼ消えた、とのことでした。ただ、これから診察やら検査やらがあるので、面会は十時半まで待ってくれ、と言われましてね」

時間を確かめると、まだ十時十分前だった。

平庭が続ける。

「捜査本部からも、体調がもとにもどりしだい事情聴取したい、という申し入れがあったそうです。医者がそれを告げたところ、残間さんはその前にわたしや大杉さんと、話したいと言ったらしい。それで事情聴取は、午後からになったようです」

事情聴取より先に、残間と話ができるとはありがたい。

「立ち番の警官は、どうする。どうせ、捜査本部からだれも入れるな、と言われてるんじゃないか」

大杉が指摘すると、平庭は事もなげに応じた。

「ただの見舞いだ、と言えばいいですよ」

「しかし、五分や十分じゃ、話は終わらんぞ」

そう言い返したとき、コーヒーがきた。

ウエートレスが、カップを配り終わるのを待って、村瀬が遠慮がちに口を開く。

「倉木さんは確か、捜査本部の刑事さんたちより、ずっと位が上ですよね」

大杉は、美希と顔を見合わせた。

村瀬が、何を言おうとしているか分かり、思わず笑ってしまう。

美希も、笑いながら言った。

「分かったわ。立ち番の制服警官は、わたしが身分証明書で追い払うわ」

今のところ、残間がこの病院に収容されたことを、ほかのメディアにかぎつけられた形跡は、ないようだ。

しかしそれも、時間の問題と思われる。

「朝刊を見るかぎり、なぜ殺人現場に残間が倒れていたか、東都ヘラルドも知らないようだな」

大杉が皮肉を言うと、平庭は情けない顔をした。

「あの記事は、わたしが書いたんです」

「知ってるよ。署名記事だったからな」

コーヒーを一口飲み、肝腎のことを聞く。

「ところで、事情聴取された鳥藤の供述は、どうなってるんだ。朝刊には、詳しい話が載ってなかったが、あんたは捜査員から少しくらい、聞いてるんだろう」

「ええ、ある程度はね。残間さんのことを、詳しくは書かないという約束と引き換えに、ですが」

平庭によると、鳥藤の話は次のようだ。

もともと、茂田井の家には警報システムが、設置されている。ロックを解除せずに門や玄関、あるいは窓などをこじあければ、屋敷の内外に警報が鳴ると同時に、警備会社と直近の交番にも、知らせがはいる。

茂田井は用心深く、寝る前にかならずロックを確認するよう、早智子に念を押すのが常だった。それだけは鳥藤に任せず、早智子にやらせていたという。

しかし茂田井が死んだあと、早智子はときどきセットせずに寝てしまい、朝になって気がつくことが、何度かあったらしい。

二日前の、事件の日。

鳥藤は一日中、早智子の指示で茂田井の蔵書を処分するため、書籍を段ボール箱に詰める作業に、没頭していた。

午後六時半に早智子、椎野スエ子とともに母屋《おもや》のダイニングキッチンで、夕食をとる。

その後、渡り廊下を渡って別棟の自室にもどり、軽くビールを飲みながら、テレビを見た。午後十時ごろ、昼間の疲れが出て眠気を催したため、早ばやと寝ることにした。

一度母屋にもどり、警報システムがオンになっているのを、確かめた。

それから、早智子に先に休ませてもらう旨挨拶して、自室に引き返した。そのとき、早智子は茂田井の書斎にこもって、残された証書類の整理に余念がなかった。

鳥藤は、ベッドにはいってすぐに寝ついたが、ビールのせいで夜中に目を覚まし、トイレに行った。

部屋にもどろうとしたとき、母屋の方で何かが落ちるような、軽い音がした。時間を確かめると、午前二時を回ったところだった。

一度部屋にもどり、念のため愛用のブラックジャックを手に、母屋に引き返した。渡り廊下を渡り、左に行くとリビングルームがある。

中にはいって、明かりをつけた。異状はなかった。

ただ、ダイニングキッチンに通じるドアの脇の、警報システムの状況を示すボタンが、解除の状態になっていた。

何かの理由で、夫人が解除したのかもしれない、と思った。メインパネルがある、ダイニングキッチンのドアをあけて、ドアの横手のスイッチを探った。

そのとき、スイッチの向こうに置かれた、縦長のガラス戸棚の陰からいきなり、顔に冷たい霧のようなものを、吹きかけられた。

たちまち、鼻がつんとして目があけられなくなり、体の力が抜けた。手にしたブラックジャックが、持ち上げようとしても重くて上がらず、手からすべり落ちた。

床に四つん這いになり、なんとか立ち上がろうともがいた。そのとたん首筋に、家の梁《はり》が落ちてきたような衝撃を受け、それきり意識を失ってしまった。

気がついたときには、警察の捜査員にまわりを取り囲まれていた。口ぐちに、何か話しかけられたが、返事ができなかった。ただ、首筋が熱くてずきずきと痛み、強い吐き気に襲われた。

すぐ隣に、別の捜査員の輪ができており、だれか別の男が倒れていたようだが、だれとも分からなかった。

そうこうするうちに、担架か何かで部屋から運び出され、病院へ搬送された。

茂田井夫人が殺されたことは、あとで捜査員に聞かされるまで、知らなかった。

鳥藤は、おおむねそのようなことを、供述したという。
二、三つじつまの合わぬところもあったが、状況が状況だけにその日はとりあえず、警察が用意した地元のホテルに、送り届けられた。病院からは、体調に変化がなければもどる必要はない、と言われたそうだ。
鳥藤は独身で、福井市の出身だという。両親はすでに亡くなり、兄弟もいない。退職して、警察の寮を出たあとは茂田井家に雇われ、そこの別棟を住まいにしていた。

ホテルから、茂田井家の自室にもどれるのは、現場検証が完全に終わってからになるだろう、という。もっとも、そこに住み続けることはできないから、早々に引き払わなければなるまい。

「麻酔をスプレーされたとき、鳥藤は相手の顔を見てないのか」

大杉の問いに、平庭は首を振った。

「戸棚の位置が、リビングの明かりからはずれていたために、見えなかったらしいです。ただ、下の方からスプレーされたようなので、相手は自分より小柄だったと思う、と供述したそうです。鳥藤自身、残間さんほど大きくありませんし、それより小さかったとすれば、相手が女だった可能性は十分ありますね」

「首筋をぶちのめされたのは、そのあとということだな」

「麻酔が、鳥藤まで十分に届かなかった、と思ったのかもしれない。それで、ブラックジャックを拾い上げて、殴りつけた。そのあと、あらためてもう一度、スプレーしたんじゃないかな」

「ブラックジャックの指紋は、もちろん調べたんだろうな」

「ええ。鳥藤の指紋しか、残ってなかったそうです。それから、警報システムのパネルや解除ボタンは、茂田井夫人の指紋だけでした」

「夜中に、残間を運び入れたときの痕跡とか、近所の目撃証言とかはどうなんだ」

「門の外はアスファルト、くぐり戸から玄関までは敷石で、敷石のまわりは一面の砂利だそうです。足跡を採取するのは、むずかしそうですね。あと、隣家の住人が夜中に、自動車のエンジン音を、聞いたらしいです。ただ、時計を見たわけではないので、時間は分からないそうです」

要するに、手がかりらしいものはほとんどない、ということだ。

そうこうするうちに、十時半が迫ってきた。四人はティールームを出て、六階の病室へ向かった。

美希が、立ち番の制服警官に身分証を提示して、残間の見舞いに来たことを告げた。

通常なら、捜査本部の許可をとったかどうか聞くのが、立ち番としての務めだろう。

しかし、警察庁特別監察官、警視倉木美希という記載を見るなり、警官はすっかり恐れ入った様子で、入室を許可した。だれも入れないように、という美希の指示に対しては、直立不動の敬礼で応じた。

残間は、前日とまったく同じ状態で、ベッドに横たわっていた。変わったのは、顔の上半分をおおうガーゼが、新しくなったくらいだった。

大杉、美希、平庭、村瀬の順に名乗ると、残間は干からびた唇を舌で湿してから、硬い声で言った。

「平庭。会社に見捨てられたあげく、おめおめと生きて帰ったおれが、喜んでるように見えるか」

23

平庭次郎をはじめ、だれも一言も発しなかった。

大杉良太は、上着の袖のごみを払うふりをした。

残間龍之輔に、名指しで問いかけられた平庭の困惑と苦渋が、ひとごととは思えない。

平庭が、答えるべき返事を持っていないのは、明らかだった。

大杉だけでなく、倉木美希も言葉を失ったかたちで、その場に立ち尽くしている。

顔の上半分を、ガーゼでおおわれた残間が、ゆがんだ口元を引き締め、あとを続けた。

「おれの目は、どうなってるんだ、平庭」

いくらか、皮肉めいた口調は引っ込んだが、声は相変わらず硬い。

平庭が喉を動かし、ぎこちなく応じる。

「医者から、聞いてないんですか」

「詳しくは、聞いてない。二、三日したら、ガーゼが取れる。そうしたら、ちゃんと見えると、それだけ言われた」

「そのとおりです。別に、眼球には異状が認められない、ということでした。つまり、視力には影響がない、と」

そこで言いさすと、残間はさすがに安堵したらしく、ほっと息をついた。

「すると、まぶたを縫い合わされただけか。茂田井と同じように」

「そうです」

残間は唇をなめ、さりげなく言った。

「それで、おれが眠らされているあいだに、何があったんだ。おれは、どこで発見されたんだ」

大杉は、美希と顔を見合わせた。

どうやら、残間は捜査員からも医者からも、何も聞かされていないらしい。それは当然といえば、当然かもしれなかった。

病室に流れた不自然な沈黙に、残間はもう一度唇をなめた。

「大杉さん。ざっくばらんに、話してもらえませんか。大杉さんは、うちの社と利害関係がないし、しゃべったところでどこからも、苦情は出ないでしょう」

指名されて、大杉はまた美希にちらり、と目をくれた。

美希が、話してあげてというように、黙ってうなずく。

大杉は、口を開いた。

「分かった。おれの知る範囲で、話をしよう。その前に、あんたがいつ、どんなかたちで拉致されたのか、そのあとどういうふうに事が進んだのか、聞かせてくれ。その上で、こっちの話をした方が、全体の流れがつかみやすいだろう」

残間は少し考え、小さくうなずいた。

「いいでしょう。わたしが拉致されたのは、大杉さんやめぐみさんと会うために、京橋の〈鍵屋〉へ向かう少し前のことでした。交換台を通して、名前を名乗らない女から、電話がかかってきたんです。七時半になるころかな」

「確かに、女だったのか」

「たぶんね。声を変えていた可能性もあるので、断定はできませんが」

女は、茂田井滋が持っていた例のカセットテープを、残間に提供したいと申し出た。

条件は、それをもとに特ダネ記事を書くことで、もし書かなければほかの新聞社に送りつける、と言うのだった。

特ダネを、他社に奪われるかもしれないと思うと、残間も少なからず心が動いた、という。

美希が口を出す。

「そんなことを申し出るのは、山口タキか弓削まほろか、どちらかしかいないわね」

「ええ。わたしも、山口タキかそれとも弓削まほろか、と女に聞いたんですが、そうかもしれないと言うだけで、最後まで名乗らなかった。田丸と茂田井を殺した犯人か、とも聞いてみましたが、やはり答えませんでした」

残間は、特ダネを逃すのがいやさに、結局相手の注文を受け入れた。書いた記事が、実際に掲載されるかどうかは、上の判断に任せるしかなかった。

女は、社屋の裏口にある植え込みの中に、カセットテープを置いておく、と言った。

残間は、すぐにそれを回収しに、おりて行った。

ところが、目当てのカセットテープを見つけて、向き直ったとたん顔に何かを吹きつけられ、そのまま意識を失ってしまう。相手はベージュの登山帽をかぶり、サングラスをかけてマスクをした、小柄な人物だった。帽子と似た色のコートと、その下に同色系統のスラックスを、はいていたような気がする。

とっさに女だと思ったが、それは電話の声と小柄な体からの、連想だったからかもしれない。正確には、分からなかった。

ともかく行きがかり上、その人物を〈百舌〉と呼ぶことにする、と残間は言った。

「目が覚めたら、どことも分からない殺風景な部屋に、閉じ込められていました。トイレと洗面台つきの、狭いシャワールームはありましたが、窓はなかった。たぶん、どこかの地下室でしょう。ケータイとか財布、キーホルダーは、取り上げられていた。気がついたとき、ケータイ以外はもどってましたがね」

サイドテーブルに載った籠に、そうした小物類がはいっている。

平庭が口を添える。

「捜査本部で調べたところ、残間さん以外の指紋は出なかった、とのことでした」

大杉は、脇から言った。

「ところで、東都ヘラルドは、大手町だよな。七時半過ぎは、まだ宵の口といってもいい時間だ。いくらビルの裏口でも、人通りがないわけじゃないだろう。ひと一人、それも大の男を拉致するなどという、大胆なまねはできないはずだ。まして、あんたを拉致したのが女だとすれば、なおさらありそうもないことだぞ」

「それがその、社の裏口に面した道は一方通行で、古いビルが残っているだけの、車も人もあまり通らない、真空地帯なんです」

「だとしても、女一人であんたを拉致するのは、至難のわざだ。車を使ったにしても、そこまで運ぶのが一仕事だろう。ほかにだれか、男でもいたんじゃないのか」

残間は、また少し考えていた。

「あやしいやつは、別にいなかったと思いますね。車道の際で、排水溝の清掃をしていた作業員が、目についたくらいで」

「ほかに、中に人が乗っていそうな、妙な車は停まってなかったか」

「気がつきませんでした。駐車禁止区域なのか、停まっていたのはその作業員の、清掃車だった」

大杉は、腕を組んで考えた。

その作業員にしても、〈百舌〉に手を貸した共犯者と疑えば、疑えないこともないだろう。

話は、さらに続く。

残間によると、監禁された部屋にはマジックミラーがついていて、内側からは見えない相手から、マイクでいろいろと指示を受けた。ただ、ボイス・チェンジャーか何かを使ったらしく、男とも女とも分からない金属的な声に、変換されていた。

残間はそこで、かつてみずからが盗聴録音した、朱鷺村琢磨と洲走かりほ、大杉良太、倉木美希らのやりとりを、ICレコーダーで聞かされた。例のカセットテープの内容を、ダビングしたもののようだった。

それをもとに、〈百舌〉から三重島茂と民政党、警察組織を糾弾する記事を書け、と命じられた。その原稿を、東都ヘラルドの社会部長に送りつけ、残間の身の安全を担保にして、記事を掲載するように迫れ、というのだった。

残間は反論し、逆に提案した。

その盗聴データだけでは、インパクトの強い記事にはならない。自分がかつて、田丸清明に指示されて書いたあげく、ボツになった原稿と抱き合わせて構成すれば、より打撃を与える記事に、なるだろう。

　残間としても、どうせ書くならそこまでやらなければだめだ、と肚を決めたわけだ。

「それで〈百舌〉は、そのボツ原稿のデータを取りに、あんたのマンションへ行ったのか」

　大杉が聞くと、残間は驚いたように、首を少し動かした。

「そうです。知ってたんですか」

「あんたの、失踪の手がかりをつかもうとして、一週間ほど前に倉木、平庭と三人で、マンションへ行ったんだ。そうしたら、ほこりのたまったデスクの上に、名刺入れのケースらしきものが置いてあった、四角い跡が残っていた。だれかが、持ち去ったあとだった」

　残間の口元に、自嘲めいた笑みが浮かぶ。

「ええ、そのとおりです。フロッピから複写した、USBメモリをほかのものと一緒に、名刺ケースに入れていました。それを〈百舌〉に、取りに行かせたんです」

「ついでに、エレベーターの防犯カメラをチェックしたら、男とも女とも分からんコート姿の、あやしいやつが出入りする画像が、残っていた。午前三時ごろだ」

「そいつが、〈百舌〉でしょう。間違いない」

　そのメモリを手にした残間は、盗聴録音データとボツ原稿のデータをもとに、一連の

たのだ。

社会部長の、佐々木治雄に送りつけられたのは、それを記憶させたUSBメモリだった〈百舌事件〉の流れを、パソコンに打ち込んだ。

そのあと、残間は密室に監禁されたままの状態で、放置された。幸い、腕時計は取り上げられなかったので、時間の経過だけはなんとか見当がついた。

それきり、〈百舌〉は姿を見せないばかりか、声を聞かせることもなくなった。決まった時間に、食事が差し入れられるほかはなんの刺激もなく、頭がおかしくなりそうだった、という。

日にちの感覚は乱れてしまったが、何度目かの食事を終えたあとで、にわかに意識が乱れて眠くなり、記憶を失った。今考えると、飲み物か食べ物の中に、睡眠薬が仕込まれていた、と思われる。

「それからあとのことは、ほとんど覚えていません。ときどき体を持ち上げられて、運ばれるような感じがしたんですが、そのたびに顔に何か吹きかけられて、また眠ってしまったようです。意識がもどったときは、この病院のベッドに寝ていました。目をあけようとしたら、痛くてあかないんですよ。危うく、パニックになるところでした。そうしたら、すぐそばに医者が待機していて、二日もすればガーゼが取れるから、心配するなと言われましてね。それでなんとか、落ち着いたわけです」

一息にしゃべって、残間はほっと息をついた。

それから、またすぐに口を開く。

「今度は、大杉さんから、話を聞かせてください。わたしはどういう状況で、発見されたんですか」

大杉は咳払いをして、一応美希と平庭の顔を見た。

二人は、首を振るでもなくうなずくでもなく、黙って大杉を見返した。

村瀬正彦だけが、興味津々という目を向けてくる。

肚を決めて、前日の朝茂田井家に出勤した椎野スエ子が、意識不明の残間と鳥藤和一を見つけ、さらに夫人の早智子の死体を発見したいきさつを、手短に説明した。

早智子は、まぶたこそ縫い合わされていなかったものの、後ろ襟に百舌らしき鳥の羽根を差し込まれていた、という事実も付け加える。

鳥藤は、首筋の打撲傷と麻酔の影響が残るだけで、ほかには何もされていなかった。

早智子が殺されたと聞くと、残間はさすがにショックを受けたらしく、声を失ってしまった。

さらに大杉は、鳥藤が夜中に不審な物音を聞いて、ダイニングキッチンにはいったところ、顔に麻酔薬を吹きつけられて意識を失った、と供述していることも話した。

「いちばんの疑問は、〈百舌〉があんたを監禁場所から現場まで、どうやって運んだのか、という問題だ。女一人の力では、絶対に無理とまでは言わないが、かなりきつい仕事になるからな。もう一人いれば、不可能じゃないだろうが」

大杉が言うと、残間はガーゼでおおわれた顔を、向けてきた。

「そういえば、〈百舌〉はわたしに原稿を書かせる前に、妙なことを言っていた。一つは、弓削まほろの〈まほろ〉は本名じゃなく、実際は〈ひかる〉だというんです。そして弓削ひかるは、三重島幹事長が向島の芸者に産ませた、実の娘だと」

大杉は、美希を見た。

美希も、見返してはきたが、何も言わない。

残間は焦ったように、話を続けた。

「三重島はそれを隠すために、ひかるをまほろと名前を変えさせて、愛人のように装わせたそうです。ところが、実の愛人は名前を貸した洲走まほろの方で、まほろは弓削ひかるの下で、山口タキとして働いていた、という。分かりますか、ややこしいけど」

美希が、口を開く。

「ええ、分かるわ。そのことは、わたしも弓削ひかるから直接、聞かされたの」

「え」

驚いて、首を持ち上げようとした残間は、痛みに襲われたとみえて、すぐに頭を枕に落とした。

「直接って、いつのことですか」

「茂田井滋が殺された、すぐあとのことよ。弓削ひかるは、捜査本部から内々に容疑者として、行方を捜されていたのに、大胆にもわたしに接触してきたの。残間さんとは、しばらく会わなかったので、報告する機会がなかったけれど」

残間の喉が、大きく動く。

「そこで弓削ひかるが、隠し子だとか愛人だとかという話をした、と」

「ええ。でも、それだけじゃないの」

美希は続けて、すでに大杉が聞かされた弓削ひかるの話を、かいつまんで報告した。

残間は、黙ってそれを聞いていたが、話が終わると小さく首を振った。

「倉木さんの話を聞くと、わたしを監禁した〈百舌〉は山口タキ、というよりむしろ弓削まほろ、つまり弓削ひかるのようにも、思えますね」

「あなたが、〈百舌〉から聞かされなかったことが、もう一つだけあるわ。弓削ひかると山口タキ、つまり洲走まほろとは、特別な関係にあるのよ」

「特別な関係」

残間はおうむ返しに言い、それから言いにくそうに続けた。

「つまりその、女と女の関係、というやつですか」

「ええ」

「しかし、妙な話じゃないですか。洲走まほろは一方で、三重島の愛人でもあったわけでしょう」

「弓削ひかるの話ではね」

残間は、ため息をついた。

「よく分からないな。そもそも、洲走まほろにとって三重島は、姉のかりほを使い捨てにした、かたきのはずだ。そんなやつの愛人に、なりますかね。逆に、そういう女を愛人にする、三重島も三重島だが」

美希は肩をすくめたが、残間には見えないと分かったのか、すぐに応じた。

「二人が、何を考えてそうした関係になったのか、わたしたちにも分からないわ」

「ともかく、三重島とまほろは、敵同士のはずだ。まほろが、三重島を断罪するための重要証人、茂田井滋を始末したのがまずもって、理屈に合わない。それに、なんの関わりもない奥さんまで殺すなんて、不自然でしょう。三重島こそ、ねらうべき相手なのに。しかも、そういう女と三重島の実の娘のひかるが、親密な仲になるなんていう構図は、わたしには理解できませんね」

大杉は、口を挟んだ。

「それはおれも、同感だ。むしろ、弓削ひかるを〈百舌〉と考えた方が、理屈に合う。三重島は、実の父親だからな」

美希が言う。

「茂田井が殺された夜、まほろはひかるに呼び出しをかけて、待ちぼうけを食わせたの。それも、茂田井殺しに関してひかるが、アリバイを立証できなくなるような、たくみなやり方でね。そのために、ひかるは捜査本部に名乗り出ることができず、逃げ回るはめになったわけ。そうした状況からして、二人が仲間なのか敵同士なのか、分からないのよね」

「倉木さんに接触してきたとき、弓削ひかるをその場で拘束することは、できなかったんですか」

残間に聞かれて、美希はちょっと複雑な表情になった。

「そのときはまだ、弓削ひかるが手配されている、という確信がなかったの。それで、つい油断したすきに、逃げられてしまったわけね。今思えば、ちょっとうかつだった気もするけれど、わたしは公共安全局に出向している身で、そこまでの切迫感がなかった。それは、認めるわ」

残間は口元に、苦笑を浮かべた。

「わたしは別に、倉木さんを責めているわけじゃありませんよ。とにかく、ひかるとまほろの関係は、不可解千万ですね。もちろん、二人が仲間だと考えれば、わたしを手際よく拉致したり、交替で見張ったりすることは可能だし、監禁場所から茂田井の家に運ぶことも、ずっと簡単な仕事になる。車さえあれば、それくらいのことは楽にできるでしょう」

大杉もうなずく。

「さっきも言ったが、二人でやるなら不可能じゃないだろうな。いっそ、二人一緒にいるところを見た、という目撃情報でも出れば、話は早いんだが」

それまで黙っていた平庭が、控えめに口を出す。

「そのあたりについて、捜査本部からは何も新しい情報が、取れていません。親しくなった捜査員に、張りついてるんですが」

少しのあいだ、沈黙が流れる。

やがて、残間が言った。

「それにしても、茂田井早智子が〈百舌〉に殺されなければならない、合理的な理由は何もないと思いませんか、大杉さん。彼女は一連の事件に、いっさい関わっていない。単に、茂田井滋の後妻というだけでは、殺される理由にならんでしょう」

大杉もうなずく。

「かりに、〈百舌〉が三重島のために働いているなら、じゃまになった田丸を始末するのは、納得がいく。茂田井を消したのも、今さらという気はするが、分からんわけじゃない。しかし、茂田井早智子については、なんの意味もない殺しだ」

「でしょう。大杉さんや、倉木さんがねらわれるのなら、話は分かる。わたしも、その仲間にはいっているから、ねらわれてもおかしくはない。それだけに、なぜ〈百舌〉がわたしにとどめを刺さなかったのか、それが不思議なんですよ」

美希が口を出した。

「それは残間さん自身と、わたしや大杉さんに対する、警告じゃないかしら。これ以上、よけいなことをするな、というね」

「あるいは、残間にはまだ生かしておく価値がある、ということかもな」
大杉は付け加えたが、それはすでに何度も考えたことだった。

（下巻へ続く）

本書は二〇一九年八月、集英社より刊行された『百舌落とし』を文庫化にあたり、上下二巻として再編集しました。

初出　「小説すばる」二〇一七年三月号〜二〇一八年八月号

逢坂　剛の本

裏切りの日日

同時に起きたビル乗っ取りと右翼の大物の射殺事件。こつ然と現場から消えた犯人の謎は？犯人を追って現場に居合わせた公安刑事・桂田の暗い炎が燃える。迫真のミステリー。

集英社文庫

逢坂　剛の本

百舌《もず》の叫ぶ夜

能登半島の岬で記憶喪失の男が発見された。一方、東京新宿では爆弾テロ事件が発生。事件の犯人を追う公安警察の倉木と美希は、やがてその男へと辿り着き――。サスペンス傑作長編。

集英社文庫

逢坂　剛の本

幻の翼

かつて、能登の断崖に消えた〝百舌〟が、復讐を誓い、北朝鮮の工作員として日本へ潜入した。巨大な陰謀を追う倉木警視。宿命の対決に大都会の夜が膨張する！

集英社文庫

逢坂　剛の本

砕かれた鍵

倉木警視と美希の子どもが爆殺された！　闇を支配する恐るべき人物〝ペガサス〟とは何者か？　愛児を失った悲しみを憤りに変えて、倉木のあくなき追跡が始まる——。

集英社文庫

逢坂　剛の本

よみがえる百舌《もず》

後頭部を千枚通しで一突き。そして現場には鳥の羽が一枚。あの暗殺者・百舌が帰還したのか？　警察の腐敗を告発し、サスペンスの極限に挑む大ヒット・シリーズ第４作。

集英社文庫

逢坂　剛の本

鵟《のすり》の巣

警察内で多くの異性関係を結ぶ女警部・かりほ。彼女が体を使って実行しようと目論む陰謀を、探偵・大杉と特別監察官・美希が追う！　大人気「百舌シリーズ」、待望の第5作。

集英社文庫